Best Time

白 马 时 光

嫌疑人的告白

苑子文 著

江苏凤凰文艺出版社

图书在版编目（CIP）数据

嫌疑人的告白 / 苑子文著 . — 南京：江苏凤凰文艺出版社，2020.11
 ISBN 978-7-5594-5262-7

Ⅰ . ①嫌… Ⅱ . ①苑… Ⅲ . ①长篇小说－中国－当代 Ⅳ . ① I247.5

中国版本图书馆 CIP 数据核字 (2020) 第 190919 号

嫌疑人的告白
XIANYIREN DE GAOBAI

苑子文 著

责任编辑	孙金荣
特约策划	何亚娟　夏　童
特约编辑	张　丝　茶小贩
装帧设计	樱　瑄
出版发行	江苏凤凰文艺出版社
	南京市中央路 165 号，邮编：210009
网　　址	http://www.jswenyi.com
印　　刷	三河市金元印装有限公司
开　　本	880 毫米 ×1230 毫米　1/32
印　　张	9.75
字　　数	201 千字
版　　次	2020 年 11 月第 1 版
印　　次	2020 年 11 月第 1 次印刷
书　　号	ISBN 978-7-5594-5262-7
定　　价	49.80 元

江苏凤凰文艺版图书凡印刷、装订错误，可向出版社调换，联系电话 025-83280257

余洋心情不错,

一低头,

正巧撞上一双好奇的大眼睛。

这个雨天是那么不同,

有一抹闯入他心里的影子,

有一个看似近在咫尺的梦想就要实现。

给你真心、面对未知的勇气,

给你甜蜜、所有的耐心。

如果需要,

我还愿将人生的光明双手呈上,

甚至愿意给你,

我那在你面前不值一提的生命。

每当有烟花绽放,

就有一道绚丽的色彩在她面上闪过。

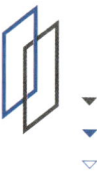

当你翻开这本书,

会步入一场全新的旅途。

你会见证一场爱情的伊始、撕裂与缝合,

也会目睹一个谜案的愁肠百结、峰回路转。

愿你在其中能拨开重重云雾,窥见真相,

愿你合上书,心中有光。

目录

CONTENTS

001 第一章 真假命案

023 第二章 手心的希望

047 第三章 我们的距离

079 第四章 是你

- 119 第五章 旋涡
- 149 第六章 不可及
- 175 第七章 寒光利刃
- 199 第八章 消失的凶手
- 237 第九章 我还是,在乎你
- 265 第十章 后来的后来

嫌疑人

Love

Of

Confession

的

告白

第 一 章
真假命案

余洋成了哥哥在这个世界上
最在意的人,
而余海,
也得到了弟弟最温暖的小宇宙。

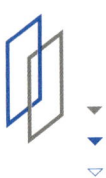

叶之舟活了二十六年，还从未做过如此"见不得人"的事。

额角布满了细密的汗，他轻咽了下口水，朝着客厅方向稍稍探出头，看过去。

视线里，沙发上的男人则显得放松多了，那人穿着MANITO的蚕丝睡衣，侧身坐，跷着腿，抹了啫喱的湿发很讲究地向后梳着。

他随音乐晃起酒杯，看起来对叶之舟特地选的这瓶红酒很是满意，完全没注意到客人此刻的别有用心。

叶之舟紧紧咬着下唇，深吸了口气，再一丝一丝地吐出去，调整自己有些慌乱的心跳。

在主人家里窥探对方的隐私，放在以前他绝不会干出这种事，可是一想到昨天不翼而飞的照片，还有最近陈新凯奇奇怪怪的行为，叶之舟实在按不下性子，想要查个清楚。

他溜进洗手间旁边虚掩着门的屋子，里面漆黑一片。

这个小区的户型他再熟悉不过了，这间房是向阳的，按说采光最好，然而陈新凯将窗户都封死了，一丝光亮也没透进来。

叶之舟的眼睛稍微适应了一点黑暗，可还是无从分辨房间内的陈设，他正思考着要不要冒险开灯，"啪"的一声，头顶的灯带亮了起来。

陈新凯的声音从身后传来，依然是不紧不慢的语调，似乎对叶之舟的擅闯没有丝毫恼怒："这是暗房。"

他没有质疑，却介绍起来："窗户被我封死了，我在这里洗照片。"

一时有些尴尬。

叶之舟把视线从陈新凯脸上移开，喉咙很是干涩，着实找不到像样的理由解释自己的行为，于是只好保持沉默。

门外，音响里传来披头士的歌声："Keep all my love forever."。

"你想看看我的摄影作品吗？"陈新凯问。

叶之舟其实想走了，他实在算不上一个好的侦察者，此行目的已经暴露："我想我还是……"

话没说全，他忽然意识到自己处于另一个窘迫的境遇——刚刚那杯酒喝完后莫名有些眩晕，以至于说话都有点大舌头。

"走吧，去看看，就在旁边的房间！"陈新凯似乎完全沉浸在自己的世界里，言笑晏晏，不知是没有察觉叶之舟的难堪，还是看破不说破。

他拉着叶之舟打开了隔壁的门，房间的声控灯跟着亮了起来。

叶之舟站在门口，简直不敢相信自己的眼睛——整个房间的三面墙上，密密麻麻贴满了照片，主人公只有一个人——叶之舟！

近到夸张的表情特写，远到模糊不清的背影，叶之舟还是第一次三百六十度无死角地看到自己。

他打了个哆嗦，感到一种叫恐惧的东西自心底蔓延开来，超过以往看过的所有恐怖片。

"喜欢吗？"陈新凯把手扶在叶之舟的背上，开口的声音软软糯糯，带着些不明所以的暧昧。

"走开！"叶之舟想用尽所有力气推开他，身体却不听使唤，一点劲儿也用不上，抬头才发现陈新凯只不过退后了一小步。

陈新凯笑了，他纤细修长的手指慢慢抚过墙上叶之舟的脸，满眼都是欣赏和笑意。他将杯中的红酒一饮而尽，跟着客厅音响里循环播放的那首 P.S. I love you，踩着欢快的节奏扭动起来。

墙角立着几件檀木做的艺术装置，颜色阴冷，造型怪奇，还散发着一股潮湿发霉的木质味道。

不想被墙上密密麻麻的眼睛盯着，叶之舟转身欲走，却忽然感到一阵眩晕恶心，四肢无力。

"你居然在酒里下药?"他这才后知后觉地反应过来。

●◎◎

"下面插播一条最新消息,8月29日23点,我市新源别墅发生一起重大刑事案件,被害人程某,男,三十岁,本市杰出青年代表,原程氏集团董事……"

正对着镜子刮胡子的余洋一失神划破了下巴,白色的泡沫很快沾上了血迹,他却像毫无痛觉一般愣在原地。

"民警到达现场后确认被害人已死亡。死者腹部被捅伤,此外,大腿外侧、两臂分别有三处伤口。现翁源区派出所、翁源刑警中队正全力搜查,同时希望广大群众……"

听到财经名人程诚的死讯,余洋久久没有回过神来——他正在创作的一部小说中有一个角色就是以程诚为原型设计的,而"他"才被自己写死,现实中对应的人就意外去世了,就连死法都与小说如出一辙。

直到早间新闻又开始播报特大泥石流滑坡的消息,余洋才惊醒似的慌忙用水冲净泡沫,随意擦了一把脸,赶紧跑向客厅。

他心急火燎,踢到桌角痛得蹙紧了眉头却也无暇理会,只顾着点开电脑上的新闻网页。

程诚死亡的消息已经铺天盖地。

凌乱的刘海儿贴在额前，一滴还未来得及擦干的水珠滑过余洋棱角分明的下巴，滴在键盘上。

他猛地站起身，关掉手机里正在播放的早间新闻，赶快拨给女友程烨。

连续几次都无人接听，余洋没了耐心，拿起衣架上的衬衣就往门口冲，忽又想起了什么。

他折回卧室，哥哥余海正趴在床上做数学题，一只手打着石膏也没影响他的"用功"，身边草稿纸散落一地。

余洋稳住自己微微发颤的双腿，蹲下来，尽量缓和自己的语气，不让他听出慌乱："哥，我有事要去找程烨，如果……我没有及时回来，你不要乱跑，饿了就先吃点饼干，知道了吗？"

趴在床上的人毫无回应，视线仍旧聚焦在数学题上。

"我会给你买个新的定位手环，在那之前你绝对不能独自出门，听见了吗？"余洋继续交代，只是说出的话听起来干巴巴的，在安静的房间里，听起来仿佛他在自言自语。

"我就当你答应我了。"顿住了手上收拾草稿纸的动作，余洋抱了一下哥哥，又贴了贴他的脑门，这才起身准备出门。

他一边穿鞋，一边频频回望卧室的方向，碰到脚踝的时候才发现指尖冰凉。

这天，原本应该一如从前的每一天，他早起忙碌，哥哥看书做题，谁都看不出有任何情绪起伏。可如今，哪怕所有的表象都未改变，他却深知再也回不去了。

余海从始至终都没有看余洋一眼，余洋叹了口气，利索地系好鞋带，瞥向人去楼空的对门，加快了下楼的脚步。

余洋小跑到路口，拦下一辆出租车，刚坐上副驾驶的位置，就拨通了电话。

"喂。余洋？"听筒里传来一个好听的女声。

"江瑾，小烨一直不接我的电话，你知道她在哪儿吗？"

"小烨现在应该在派出所做笔录，那个……程诚的新闻你看到了吗？"

余洋不由得心跳加快："看到了，但是……她做什么笔录？"

"配合调查，"江瑾的声音又压低了几分，"一早就被派出所叫去了，我要不是出诊抽不开身，就陪她去了，但还好，接手案子的是林毅他们刑警队……"

"知道了，我现在过去，先不打扰你了。"

挂了电话，余洋急忙吩咐司机掉头，自己则连续几个深呼吸，缓解紧张的情绪。

林毅所在的警局，余洋不是第一回来了，从前总是时不时地给他队友带些好吃的，时间一久，不少人认识了这位"编外家属"。

他一路跟面熟的刑警打招呼，脚下生风，却也知道规矩，没有贸然进入办公室打扰。

他站在大厅，给林毅发了条信息，没一会儿，一个穿着警服、寸头小眼的人跑了过来。

余洋立刻迎上去："程烨呢？她怎么样了？"

"就知道程烨！欸？我说你怎么是空着手来看我的？！"林毅嬉皮笑脸的。

余洋无形中松了口气，还会开玩笑，证明事态没那么严峻。

"快说！"他习惯性踢了林毅一脚。

"哟呵！"林毅轻松躲开，"袭警是吧？还是在警队。"

见余洋表情没有放松，林毅这才认真回答起来："不用担心嫂子，我们就是例行公事询问一下，她一会儿就出来了。倒是你的那个大舅子……真不是个省油的灯！估摸着嫌疑人跟贩毒团伙有关，他私下花钱让小区物业关了所有的监控，给我们破案制造了不少难度！"

余洋眉头紧皱，盯着办公区的方向，只盼着程烨能快点出来。

林毅见他丝毫不关心程诚的案子，有点疑惑："你怎么听到你大舅子吸毒一点都不惊讶？他可是杰出青年啊！难不成……你早就知道，知情不报……"

话没说完，林毅小腿上又结结实实挨了余洋一脚。

他之所以敢这么开玩笑，其实是太过了解余洋的人品，余洋五官端正，三观更正，从小到大都正义感爆棚，如果真的知情，绝不会坐视不理。

林毅还想再闲聊两句，程烨出来了。

余洋捕捉到熟悉的身影，迈开长腿上前，留下一个后脑勺给林毅。

"哎，这重色轻友的家伙……真是一碰到程烨的事，立马像变了个人一样，浑身的毛都奓起来了。"林毅边说边跟上去。

程烨看清来人，没有像往常一样飞扑进他的怀里，而是距离几步之遥就顿住了。

"吓到了吧。"余洋上前一把将她揽入怀中。

"没事，我在呢。"他的声音让程烨有一瞬间的放松，可随即又咬着唇，眉头紧锁。

程烨本就瘦小白净，驼色衬衣尺寸偏大，罩在身上尤其显得孱弱。她挺翘的鼻尖微红，看着余洋的眼睛也渐渐红起来："我……"

余洋看到她衣服的下摆都被揉皱了，方才肯定紧张难捱，可是现在这个场合也不适合多问什么，只说："先去吃点东西吧。"

他牵过程烨的手，两人并肩而行。

"嫂子……"林毅走近，没了插科打诨的样子，但也不擅长安慰人，一路送他们走出警局大院。

到了门口，才憋出一句话来："嫂子，我们一定尽快查出真凶！"

程烨没有应声，扯了一个干涩的笑。

"这就对了，嫂子，你笑起来特美！"林毅说完，见程烨面无表情，意识到氛围更尴尬了。

余洋轻扬下巴，示意林毅滚蛋，他这才如获大赦，一溜烟跑了。

只剩下余洋和程烨两个人了，他轻抚着程烨的头发，刚想安慰两句，她却躲开了他的手，眼神倏地冷了下来。

余洋的手悬在半空中，停了半晌才收回。

他看着状态与刚才完全不同的程烨，心里很不是滋味。

"你怎么了？"余洋有点明知故问。

见她没有回答，余洋有些着急："程烨，你该不会……"

"你别多想……"程烨强打起精神，眼中含着的泪却在一瞬间不争气地掉了下来，"我只是……觉得脑子很乱，不知道该怎么办，我想，一个人静静。"

她绕过余洋，独自走上人行道。

"你去哪儿？"余洋追上去，"我不可能让你一个人……"

"余洋，"程烨甩开他的手，连连后退，这会儿也不用再顾及他在兄弟前的面子了，"你别管我了，我现在……我现在非常混乱！况且，我们已经分手了。"

"那是你单方面分手！"听到这儿，余洋的语气不由得冷硬起来，他从未对程烨动过怒，此时却有些难以压抑自己的脾气，他拦住程烨，"当初你只是迫于程诚的压力才要跟我分手，我不答应！我们一起经历这么多事情，没有人比我更了解你的真实想法！"

他说完，察觉到自己太过强势，又放软了语气："再说，发生了这么大的事情，我怎么可能让你在这个时候一个人？"

程烨把头扭向一边，与他僵持着，明明是两个互相体谅着对方的人，却谁都没让步。

"我答应你，一定查清楚这件事，给你一个交代。"最后，还是余洋先开了口。

他和程烨在一起不久，满打满算也才一年光景，可感情的浓度从来无关时长，他早就在心底认定了她是自己想要共度一生的人。

可如今发生这样的事，他实在是有些力不从心。

小时候，余洋深信这世上不会再有比失去双亲、被全世界抛弃更痛苦的经历了，未曾想，成年之后还有很多很多举步维艰的时刻，逼着你不得不做出更残忍的选择。

望着程烨远去的背影，一向坚强的余洋终于没能忍住，只是一霎，目光由深情变得涣散。

他崩溃地瘫坐在街边，将头深深埋进双膝，一遍遍问自己——

如果已知结果，命运不会宽宏，若是时光倒流，刹那回到相识之前，我们是否还会义无反顾地、坚定不移地敞开怀抱，迎接对方进入自己的世界？

在程烨出现之前，余洋原本以为自己的这一生能清晰地望到头了。

二十五岁，靠做喜欢的事情养活自己，照顾哥哥和叶伯老两口，虽然日子平淡了些，但温暖踏实。他觉得很满足，这已经是他很努力很努力才拥有的生活了。

那时候家里的门总是开着，只有一片短短的麻布门帘象征性地遮挡一下。叶伯家的门也开着，夏日穿堂风吹过，他坐在门口小木凳上，听着收音机里的粤剧，舒服地眯起眼睛。

这是他一天最惬意的时候，也是余洋最熟悉的情景。

在翁源这个小城市，住在老旧板楼里的街坊邻居都互相认识，自然，所有的家长里短也都藏不住。

小时候的余洋无比痛恨这一点，因为这让他和哥哥的身世无处可藏。父母过世后，哥哥的病症越发明显，小朋友们会编出各种各样新奇的绕口令来笑话他们。

可是后来，余洋却很庆幸他和哥哥能生活在这里，因为只要有谁家大人随便喊一嗓子"来吃饭"，他和哥哥就不会饿肚子。

"大作家，过来吃饭了！"叶伯的声音中气十足。

余洋向后仰身，缓缓扬起头，清亮的眼神划过破旧沾灰的天花板，望向对门叶伯家。

他的鼻梁高挺，下颌线也利落冷峻，应声粲然一笑，露出两颗小虎牙，瞬间就显得亲近起来。

"来咯！"

余洋揉了揉酸涩的眼睛，长长的睫毛轻轻垂下，刚好盖住右眼角的泪痣。他伸了个懒腰，挺括的身形舒展开来，饭香勾得他吞咽了一下口水，喉结上下晃动。

正是肚子饿的时候，余洋动作麻利地保存好刚刚写完的章节。

叶伯说他是作家，其实只不过是个在网上连载小说的写手而已，好在阅读量还行，网站定期支付稿费，应付他和哥哥的生活不算吃力。

余洋关上电脑，走进卧室叫哥哥一起吃饭，发现余海正蹲在床边津津有味地做数学题呢。

"哥，跟你说了多少遍，草稿纸正面用完反面还能用，每次写完正面就扔一边，你很大方噢。还有啊，你每张稿纸右下角都画这个符号，这什么意思啊？"

余海像往常一样，默不作声，专心致志地钻研着数学题。

"你该不会是什么神秘组织派来的特工吧！"余洋笑着在床边

蹲下来，像照顾小孩一样，很快就把草稿纸挨张翻过来，摞成一沓。

他们兄弟相差三岁，身量和气质却大不相同。余洋骨骼修长，天生笑眼，外形很是出众；而余海则矮弟弟一头，讷直憨厚，常年自闭在家，身材也微微发福。

自从父母去世后，余海的孤独症越来越严重，起初他只是不愿意与人打交道，后来基本上拒绝与外人沟通，只活在自己的小世界里，甚至智力发育也迟滞于同龄人，只好居家治疗。

余海的注意力全都在数学卷子最后一道大题上，余洋靠着门框耐心等他，并不打算打断哥哥这一刻的专注。

一刻钟过去，余海还没有解完，可叶伯已经催了又催，余洋只好把哥哥架起来。

平时他是不会打扰余海做题的，中断没有完成的事，哥哥通常会有些小情绪。余洋一直觉得，如果哥哥不得病，在生活里该是个很有仪式感的人。

"别让叶伯等太久，咱们先去吃饭。闻到香味了吗？是红烧肉！"余洋把余海拉起来，推着满脸不舍的哥哥晃晃悠悠走出卧室，"等一下，先洗手再去。"

余洋先做示范，余海还算配合，动作慢吞吞地拧开水龙头，打上肥皂，趁他洗手的工夫，余洋从门口鞋柜上放着的背包里拿出一个牛皮纸的信封，装进口袋。

叶伯又喊了一嗓子，余洋赶紧给哥哥擦了手，拉着他过去了。

红木的八仙桌上已经摆好了三菜一汤，哥哥在他固定的位置坐下，视线始终放在墙上的挂钟上，这是他不太喜欢这顿饭的表现，如果喜欢，他的眼神会来回在饭菜上游走。

"还没吃饭呢，先喝上了！"叶伯面前的二锅头只剩下一小半，余洋把口袋里的信封交给他，"生活费。"

"去去去，拿走！"叶伯把信封往桌上一拍。

"哎，没多少，再说了，这是我给叶婶的买菜钱。"余洋说着又把信封推了回去。

"上次说了，今年开始都不要给了！赶紧给我收起来，别招我烦！"他用筷子狠敲了一下余洋的手，就像小时候余洋背错古诗时那样，"你去把这个钱，买个花呀什么的！找个女朋友吧！老大不小的，天天晃悠。"

余洋坚持把信封塞给叶伯，并按住他抬起来的手："刚还叫我大作家呢！现在又嫌我天天晃悠！"

"我那是叫给你听的吗？我是叫给楼上老马听的，你看他那个不争气的孙子……"

"你小点声！"叶婶从厨房里走出来，端出最后一道菜。

余洋赶紧伸手接过，然后依次给大家盛汤。

"再不要乱花钱了！赶紧存老婆本！"叶伯说完，看了余海一眼，"两个大小伙子天天混一起，混成老大难！"

"再说吧，再说吧。"余洋察觉到一直低头吃饭的哥哥停顿了一下，他一边给哥哥夹菜，一边故意扯开这个话题，"叶婶，您这手艺可真是越来越好了！"

叶伯给余海夹了一块肉："我知道你是个好孩子，可是，为自己多打算打算不是错,你哥可以交给我,反正我那不孝顺的兔崽子一年到头也不回来,我们两口子还嫌冷清呢!"

兄弟俩父母过世那年,除了间窄小的老房子,还留下一笔抚恤金,被名义上的监护人姑姑拿走了。她象征性地付给叶伯一笔钱,把五岁的余洋和八岁的余海托付给邻居,并承诺每年会汇钱过来,之后就回到国外,再没了音讯。

叶伯、叶婶一直没有自己的孩子,所以毫无保留地把他们当亲儿子养。

小时候余洋、余海跟叶伯住,长大些能照顾彼此了,兄弟俩白天跟着叶伯,晚上回自己家里睡觉。这两年更大一些,多少从侧面了解到,其实姑姑汇钱的行为只持续了三年不到,是叶伯和其他邻居不忍心,每家出点力,才把他俩拉扯大的。

余洋挣钱之后已经尽力弥补了,却也知道这宽厚的恩情根本还不完。

不过恩情归恩情,他可从没想过把哥哥托付给叶伯,自己去过所谓的独立人生。

余洋用手拍了拍面色不佳的哥哥,眼看一瓶二锅头就要见底,指了指边上摆着的其他几瓶:"还喝吗?我陪您。"

叶伯不搭理他的话,继续说自己的:"像你这个情况,人家女孩家定是介意的,现在的人都爱计较这些个房啊车啊的,你还带着你哥,可不好办,唉……"

他已有醉意,余洋只能低头扒饭,想快点吃完。

忽然,左手边的余海大喊了一声,把碗摔在地上,余洋心道糟糕，赶紧站起身，却没来得及阻止。

余海整个人发狂般地扑向餐桌，一挥手，几个盘子都被扫了下去。

余洋冲过去抱住他，却也没能完全控制住，眼看着最后一盆汤也扣在了地上。

一番混乱，几人都没能反应过来。余海挣脱了弟弟的钳制，蹲下身举起盘子和碗，一个个扬起又重重摔在地上，不小心被破碎的碗碟划破了手，疼得大哭起来，边哭边大喊大叫："坏人，坏人！"

一时间，地上、柜子上、沙发上，菜汤溅得到处都是，还混了些血迹，一片狼藉。

叶伯生气了，用力推了一把桌子："这又是怎么了？！"他指着余海，手指有些发颤。

可能，哥哥都听懂了吧。余洋在心里回。

"没事，没事，"余洋抚着余海的背，一下一下帮他顺气，"夏天躁得慌，容易有脾气。"

"小洋，"叶婶拍拍他的胳膊，想安慰他，声音听上去却也不太愉快，"没事啊，一会儿我下个面，一人卧一个荷包蛋，照样好吃！再说这地干净着呢，拾掇拾掇，肉还能吃。"

"叶婶，我先送哥哥回去，一会儿我来收拾，你们去换个衣服，我带你们出去吃。"

"干啥出去吃啊？！家里啥没有！"叶婶眉毛一紧。

"带你们吃西餐！"余洋说着，扶着余海慢慢往外走，"我今天发稿费了！"

"等等，"叶伯叫住他，"你这周，带他去居委会整的那个服务中心，给治治。"

"嗯，知道啦。"

西餐吃得并不愉快，四个人都异常沉默，余洋给叶伯老两口切好了香嫩的牛排，又给哥哥单点了个蘑菇汤，却不知道怎么缓和气氛。

饭后，他哄着老两口去了超市，给他们买了新的餐具，安抚好了老人，这才带着生闷气的哥哥回了家。

"还生气呢？"余洋试探性地问道。

余海不理他，蹲在地上跟之前没有解完的数学题较劲。

"哎哟！"余洋叫唤。

他把刚给哥哥清理血迹的纱布绑在自己手上，假装自己不小心划伤了，躬下身子沉吟，装作一副很痛的样子。

果然，余海以为弟弟受了伤，紧张地起身凑了过来。

余洋回过头，见身后的哥哥一脸着急的样子，没忍住笑了出来，他的小伎俩再一次得逞了。

余海见自己被戏弄，扭过头又生气了，却因为刚刚蹲太久腿有些麻，没能第一时间挪步走开。

余洋注意到这个小细节，坏笑着故意戳了一下他拖在后面的那条腿，本就小腿发麻的余海顺势打了个激灵，"嗞"了一声，回过头，堪堪对上余洋欠揍的表情。

余海朝弟弟"嗷呜"了一声,假装要扑倒还击,吓得余洋一屁股坐在地上。兄弟俩先后笑出声来,这就算是和好了。

"你看,我流血,你也着急不是?"余洋脸上还挂着笑,一边起身温柔地说着话,一边抚着哥哥还在发麻的那条腿,"所以以后不论如何,都不许伤害自己了,明白吗?"

余海微微点了点头。

这一招,余洋屡试不爽。每次只要以为弟弟受伤,余海就会听话很多,说起来,很小的时候余洋就已经察觉到这一点了。

那个年代的电视机还都是有天线的,一共没几个频道,余洋把它停在声音很大的新闻栏目上。

深棕色的书桌被调皮的小孩用尺子、小刀划了不少痕迹,上面摊着小学一年级的语文书和一本新华字典,台灯下,七岁的余洋正聚精会神地低着头,一笔一画地学写《保证书》。

他在草稿纸最顶端先写了三个大字,然后继续认认真真查着其他生僻字。

叶伯一探头,没忍住笑出来:"尊敬的余洋?这是哪门子的保证书?自己称呼自己?"

小男孩不满地"哼"了一声,赶紧捂住不让他再看:"不许偷看!"

叶伯摇头笑笑,他刚检查完余洋的数学作业,非常满意地帮他放进小书包里:"作业写完了就去跟你哥一起看会儿动画片吧!"

余洋等叶伯走了,才把草稿纸放出来,在保证人那一栏,工整地写下"余海"两个字,然后跳下椅子去找他哥。

余海这会儿正目不转睛地看《奥特曼》呢。

余洋凑过去,煞有介事地站在他哥面前,清了清嗓子:"余海,我替你写了一份保证书,我给你念一下啊。"

余海连眼珠子都没动。

"第一,保证以后不跟余洋一起上下学;第二,保证以后出门玩的时候,跟余洋保持十米距离;第三,保证以后都听余洋的,因为他都是为了余海好……"他的声音跟电视里怪兽的喊声混合在一起,听上去有点滑稽,可若是现在有其他人在听,或许听得出几分心酸。

余海的"特别",让弟弟余洋从小受了不少"牵连",受人白眼儿是司空见惯的,他能做到视若无睹,可是躲不开恶意的捉弄和欺侮。

明明都是一般年纪的孩童,不知从哪里学会了排挤和孤立,叫他小小年纪就尝尽了不分青红皂白的霸凌,常常是上一次的伤疤还没痊愈,就又添了新的。

最严重的那次,在他眼角留下了去不掉的疤,虽然后来随着他长大已经淡了很多,但依然能清晰地摸到那条浅细的伤痕,时间久了也变成了他的习惯动作。

这伤痕是伤在心上的。

他念完了三条保证,余海连余光也没分给他,对着电视里的奥特曼重复着:"好人,好人!"

"喂,你有没有认真听我说话?"余洋有些不满。

这么些年,因为哥哥的"特殊",他必须处处让着哥哥,好吃的、好喝的、好玩的,统统都得余海先来,不仅不能发脾气,还得有足够的耐心。有时候他都想,为什么自己有一个这样的……哥哥?

"我不管,在这里写一下你的名字,快点。"余洋抓住余海的手,硬塞了一支圆珠笔给他。

余海直勾勾地盯着动画片,愣是没接,圆珠笔从他手里翻落,掉在沙发上,又骨碌碌滚进茶几底下。

余洋已经习惯了哥哥的"无动于衷",他忽然想起了什么,放下保证书,一溜烟跑向厨房。

叶婶刚做好晚饭,看到他眉开眼笑:"这小鼻子灵的啊!你哥呢!"

"哼,"余洋没回答,嗅了一下饭香味,问起"正事","叶婶,家里的红墨水放在哪儿了?"

叶婶的眼睛眯成一条缝,回忆了一下:"在书柜最上面,怕你俩打闹给砸了,你要拿来做什么?"

余洋拉住她的手,示意她把耳朵凑过来,不想让叶伯听见:"我替余海写了份保证书,得让他'画押'呢。"

"你这小调皮鬼……"叶婶大笑,用手抹了抹围裙,"我给你拿去。"

计划得逞,余洋兴奋地搓搓小手。

"余海!"余洋自己先蘸了一指头的红墨水,想涂到哥哥的大拇指上,他小跑着回了客厅,却吓了余海一跳。

他以为弟弟的手指受了伤,举着余洋的手指"哇"地哭出声来。

这下，余洋慌了："你哭什么呀！是不是不想'画押'？不行！都是因为你，我才会挨打，才会被起外号，你今天必须得'画押'！"

兄弟俩一个喊，一个哭，还没等余海在"保证人"处按上手印，就招来了拿着鸡毛掸子的叶伯……

很多年以后。

贴在墙上的"保证书"始终没人"画押"，经年累月过去，它已经泛黄打卷儿，歪歪斜斜的字迹也掉了颜色。年少时期的一句玩笑话，就算贴上去也没人留意着想要撕下来，毕竟没谁真的会照着上面的规则去做。

余洋成了哥哥在这个世界上最在意的人，而余海，也得到了弟弟最温暖的小宇宙。

白天在叶伯家大闹了一场，余海很早就有了困意。

余洋成功把哥哥哄上床，不过一会儿，余海就呼呼地睡熟了。

窗外月明星稀，格外安静，余洋坐在哥哥床边的地上，将双臂轻轻一搭，目光深沉地望向他。

生活对他们兄弟俩来说从来算不上优待，被摔打、被磨砺、被过早推入成人世界里周旋，余海尚且不懂其中的苦，可余洋已练就一身本领，无论在外经历多少风雨，他只要余海喜乐平安。

"哥，你放心，"余洋看着哥哥的侧脸，"我会一直陪着你的。"

这是我自己的选择，他在心里对自己说。

嫌 疑 人

Love

Of

Confession

的

告 白

第 二 章
手心的希望

余海是他的软肋，
也是他的铠甲。

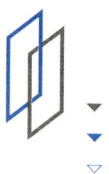

为什么事情会发展成这样?

为什么昨天竟没有一个人察觉到这人的变态之处?

迷药的劲儿正上头,叶之舟的意识越来越模糊,他看着陈新凯的身影一点点靠近,与昨天跟踪自己的黑影渐渐重合起来……

那时候天已经完全黑了,有落雨的趋势,小区里散步的人不多。

叶之舟站在两栋楼的通道处,熄灭了最后一支烟,准备回家去。

"咔嚓。"类似快门的声音,短促却清晰。

尽管随后就被一楼开着窗的那户人家传出的电视声音淹

没,但他还是敏锐地捕捉到了。

路灯的光在浓黑的夜幕里显得有些稀薄,叶之舟四下看了看,没发现任何蹊跷。

可方才明明听得真切,不可能错的,他满心困惑,朝着发出快门声的方向继续查探。

拂开花坛里恣意生长的植物枝丫,石台上有个喝掉一多半的红酒瓶和一只酒杯。

叶之舟走近,拿起酒杯,杯子底部的酒渍尚且未干……

他在脑海中飞快地拼凑这些信息,忽然,身后传来一阵窸窸窣窣的声音。

他瞬间浑身冒起冷汗,拎起酒瓶猛地转身——

"怎么是你啊!"

叶之舟长舒了口气,缓了一缓,才慢慢蹲下身,囫囵摸了一把黑色的脑袋。身形幼小的流浪猫一点都不怕生,借着他手掌的力打了个滚,又在卖乖求投喂。

他摸了一下身上的包,略带歉意地说:"今天没有吃的给你了,小可怜。"

小猫不动,亮晶晶的眼睛望着他。

"不过……"叶之舟用余光扫到了树丛后隐隐露出来的一截黑影,"鉴于你刚刚吓唬我的行径,饿你一顿也是应该的。"

见他半晌拿不出食物,小猫没趣地抖抖身子窜走了。

叶之舟状似无意地伸了个懒腰,目送小家伙离开,这才迈腿朝身后那栋楼走去。

自从大学因创立悬疑电台积攒了一定人气后,叶之舟遇到过不少狂热的追随者。

但是这一回,叶之舟觉得不一样。

不是那种看到他就想合影或者要签名的粉丝,而是已经往公司连续送了两周鲜花,每次只留下"开心"两个字的,看似不求任何"回报",连名字都不留的追随者。

起初叶之舟没有太在意,可后来发现这个匿名者对自己的生活方式甚至作息都了如指掌,他会在他熄灯之后发一句晚安,会在他听歌时发私信推荐自己的歌单。

就是这个人,让他浑身不自在……

经过在公司被送花、在家里被监视关心后,如今叶之舟还遭遇了跟踪和偷拍,他的生活仿佛被入侵了,这个追随者简直是无孔不入。

若这一切是巧合……不,天底下没有这样的巧合。

叶之舟留神了几天,把怀疑的对象锁定在了自己的邻居陈新凯身上。

他跟陈新凯打过几次照面,唯一一次说话是对方认出了他的"声音",询问他是否是"幽聆"电台的主播。得到肯定的答案后,陈新凯很是开心,自称非常喜欢听他的节目,是他的忠实粉丝。

那时候叶之舟其实是有些诧异的,他估摸着陈新凯比自己大不少,按说不是电台的目标听众,而且梳着油头、打扮精致的陈新凯,怎么看也不像是狂热追星族。

他渐渐记住了这个总是单反不离手、时间非常自由的邻居。

叶之舟一路走到单元门口,明显感觉那人还跟着自己。

大堂的灯光照得大理石地面和白瓷落地花瓶很是富丽堂皇,这个小区好就好在物业管理不错,外人很难随意出入,这也是叶之舟怀疑跟踪自己的人是邻居的重要理由。

他放慢了脚步,通过电梯口的镜子望向身后。

微风吹过,树叶轻晃,一切如常。

他按下电梯,没再继续等待。

电梯到了十九楼,这是一梯三户的户型,他一个大男人,又是跟哥哥叶之桥同住,倒不担心对方会做什么。

只是想到如果真的有人在跟踪自己,万一因此误伤到女友陈安安呢。

陈安安在"幽聆"可是出了名的胆子小,学生时代为了追自己,硬着头皮跟大家一起看悬疑电影,结果连夜噩梦。

想到这儿,叶之舟觉得不能耽搁,如果这位邻居真的有如此不良的癖好,早点查清楚对大家都好。

他留了个门,靠在自家玄关的鞋柜上,等着电梯开门,他笃定那个拿着单反的邻居会出现。

"余洋啊,带你哥进来吧。"

居委会的办公室里传来喊声,余洋从外厅的凳子上起身,顺便拉起身旁的余海。

"哥,走了。"

两人走进里间,把已经填写好的表格交上去。

"都写好了哈?"居委会阿姨扶着眼镜框,"虽然你们的情况我都很了解,但还是得填一遍,工作流程。"

"明白,阿姨,您费心了。"

"最近来了个志愿者小姑娘,伶俐的哟,我省心着呢!"

"是吗?"余洋心不在焉,"那您多使唤使唤,给年轻人向您学习的机会。"

"你这小嘴真甜!人那小姑娘白白嫩嫩的,家里也是金贵地养着呢,我哪敢多使唤!"

命真好,余洋在心里感叹。

"行了,快回去忙你的吧!"阿姨看他还没打算走,"把你哥留在这儿就行,还有啥不放心的?"

"绝对放心!"余洋露出笑脸,"哥,我晚上过来接你!书包里有数学卷子和文具,手上的定位手环无论如何都不能摘掉,知道了吗?"

余海不搭腔,不过不要紧,反正这话余洋是说给居委会阿姨听的。

走出办公室,余洋手刚插进裤兜,手机就像是有感应一样振动起来，是叶伯打来的。

"小洋啊，不在家？"叶伯的声音听上去有点急，"上回我托人给你联系的那位编辑回话了，让你发一个详细的内容给人家，他留了个邮箱地址，我抄下来了，你回来我拿给你啊！"

大厅里有一面落地的仪容镜，镜子里，余洋的头发有些凌乱，他一只手握着手机，另一只手捋了捋，却没压下来一小撮呆毛："我在社区的医护站，之前给的那一份大纲不成吗？"

叶伯也不太清楚，只说对方希望下午就能看到更详细的内容，总之是好事，没让他的稿件石沉大海。

经不住老人家的叨念，余洋加快脚步往回走。

以往也有着急交稿的时候，余洋都会绕过医护站正门，从背巷翻墙抄近路回家。他身高腿长，稍微跑两步，再借助墙根垒着的几包沙袋，一跃就能翻过去，能节省十几分钟的路。

正是槐花飘落的季节，随着男生脚下带起的风，地上的花瓣扬起又打着卷儿落下，余洋双手在墙头一撑，动作利索地跨坐在了墙上。

小时候觉得这堵墙特别高，如今却能轻松越过，将人行道的景色尽收眼底，真是奇妙。

余洋心情不错，一低头，正巧撞上一双好奇的大眼睛。

是个路过的女孩。

一袭浅紫色连衣裙，长卷发，浓烈的红唇看起来跟年龄有些违和。

怎么说呢，身形、外表该是那种人群里能被人一眼看到的漂亮女生，但余洋却没提起多看一眼的兴致。

他波澜不惊地移开视线，做了一个"让开点"的手势，轻松地跳了下来。

"还有这种操作？"女孩小声低语，偷偷看了眼他的腿，又望向墙上，似乎在判断自己能否完成这个动作。

余洋并没有跟她搭话的意思，脑海里已经在飞快补充大纲的细节了，可刚转过头去准备离开，背后就传来背包拉链的声音。

他忍不住回看，女孩正跳起来把包扔过墙头。

她双手叉着腰，仰头望向墙壁，四下找可以借力的点。耳朵上那一串垂到锁骨的耳饰，此刻在阳光下摇曳生姿，熠熠生辉。

余洋顺着她的视线，将目光落在墙边那棵老槐树上。

"你要翻过去？"余洋开口问出自己的猜测。

女孩闻言朝他坚定地点了点头，余洋这才看清楚了那精致灵动的五官，抿着嘴势在必行的样子还有一点可爱。

余洋将原本要迈开的步子挪回来，合理地帮她分析："以你的身高，比较有难度。"

"你说我矮？"女孩噘嘴。

余洋不小心笑出声："我只是作为'过来人'，给你点意见，再说……你矮不矮，这不是事实嘛！"

女孩朝他"哼"了一声，为了证明自己，不再搭理余洋，爬上了第一节树杈。

那棵洋槐的确是很好的助力，余洋小时候也会借力爬上去，只是现在不需要了。他看着女孩，虽然动作有点笨拙，但还算顺利，知道该踩哪一步。

墙那边有垒好的沙袋，余洋倒不担心她下不去，她显然也是有这层考量，才敢学他翻墙。

聪明的女孩。余洋在心里赞了一句。

只是……

"喂……"她还是弱弱地开了口，声音听上去有点心虚，"帮我一下。"

余洋侧眼，她的裙摆被树枝挂住了，可是显然，自己现在更不方便走过去帮忙了。

"你确定要我过去帮忙？"他戏谑地问，身体一动不动。

女孩低头为难地看了一眼，立马懂了他的意思，可是却不敢松开抓着树干的手去拯救自己的裙摆。

"你左下方的树枝挂住裙子了，"余洋忍俊不禁，露出两颗小虎牙，双手抱胸站在原地指导，"所以你退回来一下就行了。"

女孩听话地向后撤了两步，轻轻抬腿，被挂住的裙子就落了下来，她松了口气，可却没有从树上下来的意思。

"喂，你还要爬？"余洋忍不住开口，"你还是从正门走比较好。"

"我快迟到了。"女孩没有回头，也没有再求助，这一次，避开斜生的树枝自己爬上了墙头，去查看墙那边的形势。

余洋估摸着她应该是不需要自己了，转身欲走。

"咚"的一声，坐在墙上的女孩肩膀紧紧缩成了一团。

"怎么了？"才走了两步，就听到女孩"啊"了一声，余洋又退回来。

"我……鞋掉……掉了。"

"所以说,逞什么强。"余洋没忍住笑她,低声念了一句。

女孩咬住下唇,咽进去一句"又没让你帮忙",打算就这样自己跳下去。

"笑话"的意味还没散去,余洋已经三步并作两步重新回到槐树下,稍稍助跑,借着树根轻快一跃,双臂便已经轻松地支在墙头了。

他斜睨了女孩一眼,在她之前抢先回到围墙内。

地上一只孤零零的白色小皮鞋,墙上的女孩光着一只脚震惊地看向他。

女孩这才认认真真观察起他来。

他的手骨节分明,面目干净,整个人清新阳光,是大多数女孩子喜欢的类型。

"上来吧。"余洋背对着女孩,微微躬身,嗓音清澈,没掺杂半点旁的心思。

"我……"女孩轻咬下唇。

"我背人的机会可不多,给你三秒钟时间思考。"余洋回过头,额前的刘海儿被风吹了一下,一小撮微微扬起,露出好看的眉眼来。

女孩有些犹豫地收起视线,两根食指扣在一起,她又看了看地上那只鞋,眼下没有更好的办法,只好接受他的帮助了。

余洋的动作让他身上的T恤贴紧了脊背,肌肉的线条隐约透出来，看起来非常可靠。

"喂，我这么舍身相助，你拿什么回报？"被他托住那一刻，他的声音传来，皮肤相贴的地方都产生了共振。

察觉到他背着自己却握紧双拳的绅士手，女孩把头扭向一边，心跳得越来越快。

她被他稳稳地放回了地面，单脚跳着去捡自己的鞋，一边借着系鞋带的动作掩饰害羞，一边很不好意思地问他："那……请你吃饭行不行？"

余洋本来只是随口开了一句玩笑，可见她神色认真地捡起地上的包，又掏出手机："给我你的号码吧。"立刻紧张起来。

"我……我开玩笑的，"他面朝向墙的方向，脸和耳朵有些红，"要电话，还约吃饭？你这个女孩怎么这么……自来熟。"

说完，他觉得场面有点尴尬，于是调整站姿，做了个助跑的动作准备逃走。

谁知女孩却闪到他面前，轻轻地踩了一下他的脚。

"啊！"余洋假装吃痛，"你就是这样谢谢我的？"

"谁让你自作多情！"女孩说完头也不回地飞快跑开了，裙子跟槐花的颜色遥相呼应，跑起来恣意飞扬。

余洋撇撇嘴："喂！明明是你先主动的！没礼貌！"

空气中弥漫着刚刚她闪过来时留下的橘子香气，他拍了拍脚上的灰，朝她的背影无奈地扯了下嘴角，原路翻了出去。

原本只是一个小小的插曲，他对女孩没有太深的印象，不过，事情很快有了转变。

那几周,只要余洋去接余海,都能在医护站看到她。

只是与初遇时不同,她擦去了红唇,也没了多余的耳饰,面色平静,长发绾成丸子头。带着医护站的病患们做游戏时,她经常是一身轻便的运动装,看起来像个还没毕业的大学生。

余洋这才在居委会阿姨的夸赞中对上人,原来她就是那位新来的勤快小义工。

他很少对旁人有兴趣,可后来频频回忆起翻墙的那一刻,再对比眼前的女孩,巨大的反差让他觉得新奇。

这个女孩给他的感觉跟他从前遇到过的所有人都不同,她动起来很伶俐,静下来又很安然,她笑起来善良、单纯,却又带着些许不易被旁人察觉到的凉薄。

是那种,只有余洋这种在心里藏事很久的人,才能共情的凉薄。

总之,不可否认的是,自那以后余洋每次去医护站又多了一个理由,也多了一个需要找寻的身影。

"大大,求给男主一条甜甜的感情线吧!"

余洋关掉小说的评论界面,却无法不去在意这句建议。

要什么甜甜的爱情?!从什么时候开始自己的女生读者变多了?真麻烦!

余洋百无聊赖地打开电脑里一个很久没动过的文件夹,里面有一个写了寥寥几页的文档。三年前,他想写一本爱情小说,可真提起笔来又觉得干涩,不想为了写而写,索性作罢。

心里不信这个东西,怎么让笔下的文字去说服读者它真的存在?

那种能带给女生甜甜恋爱的男生,应该是自小家境优渥的、能力才华出众的、朋友很多的人。

这样的人,才有条件谈恋爱;这样的人,也才配得上前阵子遇到的那个在医护站做义工的女生吧?

察觉到自己又想起她,余洋心下有些乱。他看了看表,快到和金编辑约定的时间了,关上电脑,跟哥哥嘱咐了几句,拿上早就打印好的文件袋出门了。

下午两三点钟,正是阳光最炽烈的时候,公交车一到站,余洋就赶紧扎进冷气十足的车厢里,找了个靠窗的位置坐下,拿出手机给出版社的金编辑发信息。

这位金编辑是叶伯托了好几层关系介绍的,没想到他看了余洋发过去的样稿,才过了一周就发来见面的邀请。

从小到大,余洋没有感受过什么命运的眷顾,一分一毫都是靠自己努力争取而来的,他早就想出版自己的作品,希望不辜负叶伯的期待,希望能打开自己事业上的新局面,也希望和哥哥的生活能更有保障一些。

余洋低头看着自己黑色的电脑包,里面装着沉甸甸的、他自己装帧好的小说后半部分。他的手心出了点汗,无意识地抓得更紧了一些,像抓紧自己的命运一样。

公交车在出版社那一站停了下来,余洋还没有被车上的冷气稳住情绪，也从来没觉得翁源晃晃悠悠的公交车居然开得这么快。

他在报站声中下了车，抬起头看着驻足过很多次的灰色大楼。

上面斑驳的"翁源出版社"几个大字，被风雨侵蚀得已经看不出最初的颜色，却还是很庄严——至少在余洋眼里是这样的。

想来，成年之后生活中很多的至暗时刻，还都是靠这几个又近又远的字撑下来的。

余洋深吸了一口气，迈步走进去。

接待他的小姑娘看上去比他还小了几岁，也就大学刚毕业的样子，紧张地引他进了一间空置的小会议室，又趁端水的工夫，偷偷看了他好几眼。

余洋没有注意到，更不会想到自己自今日起就会成为出版社女同事们津津乐道的话题。

他的注意力这会儿在玻璃门外。

出版社的工作人员忙忙碌碌，余洋盯着一个方向走神，恍惚间觉得人生的际遇当真奇妙。

如果没有在网上连载自己的小说，自己或许会成为他们中的一员吧。

叶伯以前总说："这么喜欢看书不如长大去做编辑。"

余洋回："我还喜欢写呢，为什么不去当作家？"

叶伯便用书敲余洋脑袋："你以为作家是人人都能当的？"

作家自然不是人人都能当的，这条路困难重重，而编辑也不是人人都能当的，余洋看向编辑们的工位，每个人的桌上都有不少书和稿件。

出版真不是件容易的事情……

"余洋老师吧？不好意思，不好意思，让你久等了，今天实在太忙了！"玻璃门被推开，走进来一位儒雅的中年男人，即使是夏天，长袖衬衣也一丝不苟地系着所有的扣子。

他和余洋握了握手，上上下下打量了一番，露出一个亲切的笑容："真是年轻有为啊，还这么一表人才！"

他眼里的满意和赞许，消除了余洋不少紧张感。

余洋不知道他是否能体会自己澎湃的心情，又或许只当自己是众多毛遂自荐的作者中记不住脸的一员。

对余洋来说，这不是第一次在电脑上按下发布按钮的心情，不是第一次看到小说底下有了评论的心情，也不是拥有了支持自己的忠实读者的心情，是——我可能要变成作家了，这样的心情。

"您太客气了，您能给我机会，我已经非常感激了。"余洋跟他一起坐下，这才认真观察起他来，额上、眼角皱纹都不少，有点轻微的地中海趋势，但是梳得一丝不苟，北方口音，笑起来的时候让人忍不住想起小品演员郭达，余洋越发觉得放松了。

"我看了你的大纲，也看了样章，非常好，嗯，非常好！"金编辑连续说了两次"非常好"，最后的话落在一句"未来可期"上面。

余洋从未被人这样夸赞或是恭维过。

"哪里哪里，您谬赞了。"

他有点懊恼自己不是个自来熟，不能对这样的场合应付自如，好在，金编辑看上去也不太在意。

他主动问起余洋："今天带了小说的后半部分了吗？"

"对的，"余洋赶紧从包里拿出稿子，恭恭敬敬地递过去，"按您要求，我也新整理了一份大纲，放在最前面了。"

金编辑又笑起来："啊呀，你要不是作家，我都想问问你要不要来做编辑了，现在的年轻人，少有你这样的，有才华，还不自傲，妥帖！"

余洋觉得胸腔中燃起一股热意，若不是场合不对，他几乎要红了眼眶……

金编辑一目二十行，很快就读完了第一页的大纲："我个人，是十分欣赏你的作品的。"

个人？余洋敏感地抓住了关键词，略有不安地等着他的后半句话。

"不过……现在的出版环境不太好，光靠作品，很难得到市场认可，很多作家才华横溢，书却卖得不尽如人意。"金编辑一边说，一边留意着余洋的表情，见他似乎没听懂，语气一转，"所以后来，都采取了其他的方式出版。"

余洋确实没有听懂，一直以来，他接触的都是文学网站的编辑，没涉及纸质书的出版，相对来说没有那么多条条框框，更不知道还有其他的出版方式。

"是这样的，"金编辑换了个坐姿，笑容不减，"咱们可以先建立合作，你把这部小说卖给我，我们结算稿费给你，但是，可能署其他人的名字出版。等咱们合作打磨得好了，比如你的下一本，就很有可能用自己的名字了。"

绕了这么大一个圈,余洋这才明白他的目的。

最初在网站连载小说的时候,小透明余洋也有过类似的经历,那时候,他也毅然拒绝了想让他代笔的作者。

"金老师,如果我没理解错,您是想让我代笔?"

"果然是聪明人,那我就直说了哈。我这边呢有一位最近火起来的作者,我们编辑部准备趁热打铁再出一本。你的故事很不错,加上他的名气,我相信是可以卖好的。"

余洋再三确认着他脸上的表情,才从他的认真里反应过来,自己没有曲解他的意思。想到这点,余洋的脸色渐渐冷了下来。

"金老师,"余洋尽量压抑着愤怒,"虽然现在的出版环境不好,但我相信,好的作品一定还是有市场的。"

"小余啊,你可能不太了解出版方面的要求,这跟写网文还是有些差别的……"金编辑用一种过来人的语气说道。

听到这儿,余洋忍不住打断他:"如果您觉得我的网文写得差,请务必不要找我代笔。"他唇角微微勾起一个讥讽的弧度,很快又平息下去。

"别误会了,我这可是在给你想出路!是在指点你!"金编辑加快了语速,有些疾言厉色。

余洋冷笑,他心里已经有了数,今天恐怕要无功而返了。

"金老师,这可能是您的出路,却不是我的。我是不了解出版界的规则,可我知道,任何行业里,投机取巧都不是常态。"余洋说这句话的时候,颇有反客为主的气势。

金编辑怒极反笑:"这孩子,怎么还含沙射影地教育起我来了……"

"我也没想到，这么简单的道理，还需要我这个不起眼的晚辈提醒您。"

金编辑本给了余洋一个台阶，希望他能适时收敛，没承想碰到原则性问题，余洋态度坚定得很。

金编辑脸上有些挂不住："称你一声'作者'，就真以为写篇网文，有几个低水平的网友捧着，就有资格给我上课了？"

余洋将双手撑在桌面上稳住自己，没有被他的两句难听话激怒："我只是表达我的态度，您倒是不必曲解。"

"你知道我捧出来多少名作家吗？我看你是不想在这个圈子里混了！"金编辑抱住双臂，朝后一倚，摆出一副盛气凌人的模样。

"我尊重您，更尊重我自己的作品，所以才会坐在这里。"余洋站起来，不想再跟他斡旋，"现在看来还是算了，我们不是一路人。"

"站住！这就是你尊重人的方式？我看你是没教养！"

听到"没教养"三个字，余洋没忍住回过身一拳打在身旁的铁皮柜子上，"你别太过分！"

那天，余洋是被匆匆赶来的保安架出去的，站在来时的路口，他的手指隐隐作痛，可心里更难受。

"网文写手"四个字劈头盖脸砸下来，仿佛否定了他从前所有的努力，变成了那个"傻子弟弟"一般的标签，让他又成为可以被戏弄嘲笑的对象。

可是，凭什么？

凭什么因为是网文写手，自己的才华和天赋在他眼里就低人一等？实力不应该才是最重要的吗？

才翻新的马路，沥青被太阳烤得散发出一股刺鼻的油味，公交站的大巴车开走了一辆又一辆，而余洋要搭乘的9路却迟迟未来。

从满怀希望地出门，到被出版社的保安赶出来，前后不过两小时的光景，他怎么也没想到会以这种方式结尾……

余洋确定哥哥察觉到自己的低气压了。

从回家到现在，余海一点都没有吵闹，乖乖地看着动画片。

"嗞——"

灶台上的小铜锅发出声音，带着些许香气。里面是余洋给余海煮的汤，有苹果、红枣和方糖等，是叶婶的独家秘方，有安神的效果。

煮汤的空当儿，余洋拼命给自己找着能够转移注意力的事，尽量不去想白天在出版社的遭遇。

他手里的锡纸已经被捅破了两张，看着第三张锡纸上扎好的很多个大小不一的孔，他深吸一口气，聚精会神地用小刀把它们连成线……

余海切换新一集动画片的时候，余洋终于大功告成了。

他在用完的废药瓶底下粘好一个LED灯座，外围套上连成处女座星象的锡纸，又合上顶盖，一个自制的星空瓶完美告成——

今晚可以给哥哥看星空了！他心中的阴霾总算扫去一些。

"嗞——嗞——"

铜锅的声音更尖细了一些，听上去还有些急促。

余洋轻轻地把瓶子放到余海床前的地上，拉好窗帘，故作神秘地清了清嗓子，想吸引哥哥的注意力。谁知，屋里多出来的"星幕"并没有取代动画片在余海心里的地位，他只是疑惑地看了一眼墙上、地上，很快便不在意了。

到底是一个爱看《奥特曼》的家伙，一点都欣赏不来星空投影仪的浪漫，没劲！

余洋失落地转身走进厨房，这才发现，大事不妙，锅已经烧干了！

他抓抓后脑勺，真恨不得把自己也放进锅里煮了，这已经是这个月第二次烧干锅了，他的注意力果然一次只能集中在一件事情上。

今晚的睡前饮品泡汤了，余洋把煮烂的苹果盛出来，心道：今天真是倒霉，没有事业运，也不宜下厨房。喝不到睡前的安神汤，余海准又要发脾气了。

以余洋当下的收入水平，无法带哥哥去一些昂贵的康复机构做治疗训练，只能给哥哥买一些最基础的应用抗精神病药物，所以他想到了安神汤这个办法，既能帮助哥哥缓解情绪，又能制造一点睡前的仪式感，好让他知道，这一天要结束了，该老实上床睡觉了。

实践证明，他熬的汤比任何药品或者训练都管用，余海每次喝完，都能美滋滋地睡觉。于是不擅厨艺的余洋，煲汤的功力也就这样经年累月地练出来了，有时候他甚至觉得这是哥哥在给自己考验。

也许，有一天考核通过了，余海突然变好了也说不定！

"我的海哥啊，今天没有汤喝，只能委屈您吃点煮烂的果子了……"余洋撒娇似的端着碗从厨房出来，边走边说，却发现动画片已经关了，而余海正蹲在卧室的地毯上，仰着脖子，眼睛追着光源看呢。

他手里轻轻转着星空瓶，于是墙壁上的光斑也随之移动，星星点点，忽而隐匿，忽而闪烁，煞是好看。

窗外偶尔有阵阵轻盈的风掠起薄帘布，墙上就像洒了一片银河般，涌动着温柔的星辰。余海咧着嘴聚精会神地看着，眼里的喜爱瞒不了人。

余洋极力忍着，才没在这一刻红了眼睛。

对他来说，这样的场景着实许久未见了。

他轻手轻脚走到哥哥身边，把碗递过去："喜欢吗？"他问他，"吃点苹果，再玩一会儿就乖乖睡觉？"

余海伸过头就着余洋舀起来的苹果咬了一口，手里紧攥着星空瓶，那些光亮依然吸引着他。

余洋见他大口嚼着苹果，目光如此投入，自己的眼眶倏地就浸满了泪水。

每次，当他的一点点付出得到哥哥哪怕十分微弱的回应，他都会觉得一切值了。

放弃放学后和朋友打篮球值了，被滚烫的锅在手上烫出水泡值了，大学期间坚持走读没交到什么好朋友值了，毕业后在家里当"网文作者"也值了。

余海回应的那些瞬间，能让他真实地感受到哥哥的存在，也能感受到自己存在的意义。

尽管世事艰难，山河漫长，你我都并非孤身一人，于是面对一切磨难就都有了继续下去的勇气。

白天在出版社丧失的力量和信心，好像一点点回到了身体里，余洋想起那句话：爱上一个人的时候就有了软肋和铠甲。他对于爱情没有太深刻的理解，可是这句话放在自己和哥哥身上一点也不违和。

余海是他的软肋，也是他的铠甲。

他回到客厅，准备更新今天的连载，才坐下来，就收到一条短信。

余洋老师，冒昧打扰您，我叫程烨，是翁源出版社的实习编辑。我拜读了您的作品，觉得非常好，有成为畅销书的潜质，希望能争取到跟您合作的机会！

余洋本没有回复的打算，看着那一串陌生的号码，他把手机重新放回桌上，可短信的内容却在脑海里挥散不去。

思虑良久，余洋还是拿起手机。

他干脆利落地回复：程烨你好，我暂时没有与贵社合作的打算，多谢好意。

很快，屏幕又亮了起来：余洋老师，我对今天发生的事有所耳闻，非常能理解您的决定！但是如果您不介意的话，我想以一名读者的身份继续与您来信，等条件成熟，我会尽全力为这本书向社里争取最好的出版条件，希望到时您能给我一次机会！不让好作品蒙尘，是我来到这个行业的初心。

明明是开一整晚电风扇都嫌燥热的夏夜，明明被拒绝后一直压抑着心里痛苦的感受，可此刻却觉得手脚冰凉，好像全身的血管都不再向肢体末梢供血，全都集中在心脏，把那里撑得满满的。

程烨。

余洋在心里默念这个名字。

不管你是谁，我都……

谢谢你。

嫌 疑 人

Love

Of

Confession

的

告 白

第 三 章
我们的距离

如果说失去父母、哥哥患病后的
人生都是磨砺，
那么程烨这个人，
一定是对自己从前吃过所有的苦
的补偿吧。

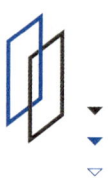

雨落了下来，惊雷伴着液晶屏上缓缓上升的数字，一下下敲在叶之舟心上。

两趟电梯的工夫，数字停在了"19"上面。

叶之舟眯起眼睛，透过门缝紧盯着外面，门一开，率先映入眼帘的是他自家灰黑色的伞，叶之桥从电梯里走出来。

还不等他松一口气，叶之桥身后走出一个人。

叶之舟心想：果然是他。然后顾不得太多，打开门直接冲上前去，在两个人诧异的目光中，一把夺过陈新凯手里的单反相机。

"你干什么？"对方一头雾水。

"弟？"叶之桥也来不及反应。

"我就知道是你！"他像一个守株待兔的猎人，终于抓了个"现行"，急不可待地翻看相机里存留的"证据"。

他的，陈安安的，各种角度，全都是偷拍的私密照。

叶之舟揪住陈新凯的衣领，一把将他揉到墙上，发出沉重的撞击声。

叶之桥赶紧上前按住弟弟的肩膀，防止他做出更冲动的事情。

"为什么要偷拍？"叶之舟朝陈新凯喊道。

"我没有偷拍啊！"陈新凯稳住自己的身子，眼里露出些惧意，瞥了一眼叶之舟，似乎被他的阵势威吓到了，语气都有些发虚，"你……你在说什么？"

闻到他嘴里的酒气，叶之舟气不打一处来，他举起相机："我再问你一次，为什么要跟踪和偷拍？"

叶之桥当即有了判断，把弟弟拉得更远了些，无论有什么矛盾，发脾气都不是解决问题的好办法。

趁这个空当儿，陈新凯扑身过来抢自己的相机，推搡间，叶之舟没拿稳，相机脱手，重重砸向大理石地面，顷刻间四分五裂。

"毁灭证据是吧？"叶之舟的怒意更盛，挣开哥哥的钳制，一拳打向陈新凯的下巴。

"我不懂，什么乱七八糟的？"嘴上喊着不懂，陈新凯也不再示弱，挥拳反击起来。

叶之桥费了好大劲才把叶之舟从他身上拉起来，隔开两个人，向盛怒的弟弟吼道："别打了！到底是怎么回事？"

叶之舟被哥哥按着:"哥!他相机里全都是偷拍我和安安的照片,他就是个变态啊!"

听到他这样说,叶之桥也忍不住蹙紧了眉头,犹疑地望向陈新凯。

陈新凯撑着地爬起来,嘴角破了皮,打理精致的发型和衬衣都凌乱不堪:"你少胡扯!"

叶之桥又把弟弟拉远了点:"如果真的是这样,就报警处理,你在这儿动手算怎么回事?"

叶之舟理亏,可又很是不甘心,狠剜了陈新凯一眼。

叶之桥举起双手,做了个"停战"的手势,表示自己不会由着弟弟胡来:"很抱歉,他有些冲动,摔坏的相机我们会赔给你的。"

他蹲下身,从地上的一片狼藉里拿起机身。

屏幕已经碎了,无法开机,叶之桥取下内存卡:"不过在这之前,我可以确认一下内存卡里的照片吗?"

他用的是问句,却带着不容置疑的语气。

不等陈新凯回答,叶之舟率先吼道:"哥,你跟他费什么话?让他去跟警察解释吧!"

他掏出自己的手机,利索地按下数字,自顾自地说着:"我先动手打人是我不对,要怎么处理我都认,但是你,你这个变态,我绝对不会放过你!"

"叶之舟!"叶之桥低吼了一声,"在我搞清楚事情之前先不要……"

话没说完，站在叶之桥身边的陈新凯却拍了拍他的胳膊："就让他报警吧，"他的神色恢复了平常，"他有精神病，是很严重的被害妄想症，我说既然没有用，那就让警察来解决吧。"

● ◎◎

主题：关于新书感情线的建议

发件人：程烨

收件人：余洋

时间：00:23 a.m.

余洋老师，晚上好。

　　突然联络您，是因为我对小说有一些新的想法，但时间有点晚了，所以就还是像往常一样写邮件给您吧。

　　咱们之前沟通过，您的小说不论是故事情节还是人物设定都很精彩，但我总感觉缺了点什么。最近又重读了一遍，在想，是不是可以为主角增加一条感情线？爱情戏虽然不是主要部分，但能反映出主角的性格，能让他变得更加有血有肉，整个故事也就立体起来了。

　　您之前说自己不擅长写感情线，是因为心里没有、笔下空空，我倒是觉得这不是什么大问题，也许可以尝试描写身边的人，参考其他人的爱情也不失为一种方法。

如果您觉得这个方法可行，欢迎随时打电话跟我讨论，策划案虽然已经写好了，但是如果我们能找到更好的呈现方式，我可以立刻补充进去。我想，您对人物的把握总是那么准确，它应该也会成为加分项的！

　　希望在下个月选题会之前，我们能一起努力让作品变得更加完美！

　　祝好！

程烨

　　那次被婉拒之后，程烨为余洋更新的每一章都用心地写了上千字的手记，除了对作品本身的阅读感受，还提了一些非常中肯的意见，余洋终于慢慢打消顾虑。

　　转正后，程烨只做了一本书的选题策划，那就是余洋的这部作品。两人前前后后讨论了无数次，修改了好几稿。

　　余洋原本以为，稿子出版是没有希望的事，原本以为这埋藏在自己心里的小小的梦想不会被看到，不会被认可，可是程烨的出现，让一切都有了新的希望，让他觉得梦想似乎没有那么遥不可及。那个美好而朦胧的未来，就在这一来一去的邮件之间，慢慢清晰起来。

　　余洋走进卧室，墙壁上星光摇曳，余海已然酣睡，手里却还捏着星空瓶。

　　余洋轻轻拿开，看着哥哥安然的睡颜，他的嘴角挂上一丝笑容。

  自从上初中之后，兄弟俩就不再挤一张小床了，余洋给自己打了个地铺，此刻他蹲在哥哥的床前，帮余海掖好被角，小声呢喃："哥，我的梦想好像要实现了，我们的日子要好起来了。"

  看着哥哥熟睡的样子，余洋终于做好了回信的准备。

主题：回复关于感情线的建议

发件人：余洋

收件人：程烨

时间：00:45 a.m.

程烨，你好。

  我就不用"您"了，希望你也不要那么客气，就像朋友一样称呼我吧！

  收到邮件后我的确有点吃惊，你这么晚没有休息，还在为我的稿子操心，真的非常感谢！

  我知道我已经说过很多遍感谢了，但是都不足以表达我心里的感激，希望你不会觉得客套生分。

  你的建议我考虑过了，事实上，我一直在考虑是否要增加男女主人公的感情戏，只是……我不敢保证能够写得好。

  你建议我从身边的人入手，其实，我最近好像找到一点感觉。前几天，我遇到了一个女孩。

  她有点冒冒失失的，很可爱，却又有些出其不意，我猜想，她跟你似乎是完全不同的两种个性。她应该没有你在工作上这么努力上进，做事没有太多规划，生活里是个爱吃甜品、喜欢小动物甚至有些慵懒邋遢的小女生。刚好，跟我们小说的男主角是截然相反的，你说，将她作为女主的人物设定行不行？应该会挺有看点的吧？

不过，我也没有太多把握，你也知道，感情线一直是我的弱项，但是既然你对我有信心，我愿意尝试一下。

具体的情节我们可以明天讨论，早点休息，希望你睡个好觉！晚安！

余洋

跟电话里亲切却不失礼貌的声音不同，余洋的邮件带给程烨的感觉就像他的文字一样，热忱、真挚，总是不自觉流露出很多感情。

程烨很快读完了邮件。

余洋对于那个女孩的描述不长，但不可否认的是，每读一遍都难免心生一丝失落。

那个高大帅气、才华横溢，在出版社勇敢挑战金魔头淫威的余洋，是过去半个月女同事们私下聊天的主要话题对象。

这段时间，自己悄悄地和他交流、联系，就好像找到秘密宝藏一样。这种感觉前所未有，程烨不知道该将它如何归类。

说是喜欢，还没到那个程度，她早就过了对着文字想入非非的年纪。

可是有好感，也是一定的。

同样喜欢写字，可他身上有着自己没有的勇气与自信，加上难得谦卑又出众的才气,很难不对这样的男生产生好感。

程烨又看了一遍他关于自己和那个女孩的对比,有点无奈地拽了拽自己乱糟糟的丸子头。

怀里的胖橘挣脱开来,轻巧地跳到地上。

程烨整了整睡衣的领子,双手杵着下巴,盯着夜晚的窗外出神。

翁源多雨,但往往就如纸老虎一般,声势再浩大,也不过一阵,很快就会平息下来。

可这就苦了把花摆在楼前小园子里晒太阳的叶伯。

"这怕是要烂根了……"淡紫色的鸢尾花耷拉着脑袋,叶伯心疼不已,"唉,都浇透了。"

"不能再抢救一下了?"余洋知道他养这花倾注了不少心血,"鸢尾不是喜湿?"

叶伯拿过垃圾桶,这是要处理掉的意思:"这香根鸢尾不一样。"

"等一下!先别急着扔。"余洋递上园艺剪刀,"剪下来,还能在花瓶里养几天。"

他一边说着,一边把原本用来装园艺工具的陶土罐清理出来,朝叶伯比画:"就插这么几株,您看,像不像凡·高的画?"

叶伯听闻,愁云满面的脸终于舒展了些:"你小子,到底是有点艺术天分,赶紧给我长出息!"

直到余洋走了,他还轻声哼着歌,心情颇好。叶婶瞧见,打趣他:"刚刚还在骂天气预报不准,现在又乐呵上了,也就小洋知道怎么哄你这个牛脾气!"

余洋乐呵呵地端了一盘叶婶炸的虾片进门,虽然才吃过午饭,但余海还是闻着香味凑了过来。

"哥,我刚刚突然想到了新的小说名字!就叫'夜莺与鸢尾花'怎么样?即便人生痛苦,也要像凡·高画的那幅挣扎着开放的鸢尾花一样,总会等到夜莺的陪伴……哥,你还记得我给你讲过的《安徒生童话》里夜莺的故事吗?"

余海没有回应,"嘎吱嘎吱"嚼着虾片,余洋只尝了一片,继续兴奋地想着故事脉络。

之前,在程烨的鼓励下,他在小说里加入了情感的部分,两个人都认为效果比想象中更好,这也使得余洋信心大增,决定开一部以爱情为主线的新小说。

他文思如潮,拉起余海的手,硬是让他配合自己做了个"give me five"的动作,像是拍摄电影时打板一样,开启了工作模式。

他回到电脑前,郑重其事地敲下"夜莺与鸢尾花"这个标题,男女主人公的设定也慢慢在脑海中成形。

这应该是一个结局很圆满的爱情小说。

脑海里回忆起穿着紫色裙子的女生的一颦一笑,余洋写起大纲运笔如飞。

她应该有一个和自己很般配的阳光大男孩。他家境优渥,和睦幸福,最好还有一个同样优秀的哥哥总是罩着他,闯了祸都有人帮忙背锅……

她那么自信，哪怕是倒追这样的男孩，也会从很多很多的追求者中脱颖而出，成为最终陪伴他的那一个……

她天真、澄澈，毫无争竞之心，有一份很棒的事业，最好和他相辅相成，给对方灵感和力量……

现实中不能实现的，余洋决定通通把它们写进小说里。

属于穷小子的自卑和暗恋，在他笔下通通不见了，两个相爱的人，就应该勇敢而无悔地朝对方张开双臂。

…………

余洋一口气写了四千多字，扭头一看挂钟，已经是下午 3 点了，每次他写作状态好的时候，都会意识不到时间的流逝。正当他准备一鼓作气写完这一章，突然接到了社区医护站阿姨的来电。

"余洋啊，你快来，你哥他……"

余洋最怕接社区打来的电话，因为这代表着，医院里的护工又对哥哥束手无策了。

比如今天，别的病友不小心把水洒在他的数学稿纸上，余海抓起纸冲病友支支吾吾地哼声，但如果病友能听懂、还懂事的话，又怎么可能出现在医护站里……

惹恼余海的病友非但没有道歉，反倒把余海手里的纸抢过去揉成一团，塞进嘴里。

这个举动激怒了余海，他一边指着这人大骂"坏人，坏人"，一边用头去撞击对方的腹部。

医护站的护工试图拉开两人,但余海正在气头上,几人一时竟控制不住他,于是赶紧打电话喊来余洋。

十几分钟后,余洋匆匆赶到:"阿姨,我哥呢!"余洋喘着粗气,额角滴下几颗豆大的汗珠。

"别急,别急,刚给你打电话你没接,"阿姨抚着余洋的后背,做了个神秘的表情,"已经没事了,你跟我来!"

余洋一脸疑惑地被阿姨带到医护站二楼。

二楼的楼梯正对着的地方有一面很大的窗户,余洋着急地扒着窗子看,只见阿姨口中说的那个"新来的勤快小义工",正带着余海和其他病友在楼下的草坪上做游戏呢。

"这小姑娘神得很,没两句话,大海就不闹了。"阿姨说话声很轻,边说边冲楼下祥和的一幕挑了下眉,绽出一抹欣慰的笑。

见余海的情绪已经稳定了下来,还被这位小义工照顾得有说有笑,余洋悬着的心这才放下,长长呼出一口气。

再看向那位小义工时,眼中也多了份探寻的意味。

这人当真有点意思,他很清楚,哥哥发起病来很难听进去旁人讲的话,更别提有人能安抚住他的情绪了,小义工有点本事!

余洋想着,楼下气氛这么好,他就不上前打扰了,回去的路上给那女孩买个礼物,等下再来接哥哥时好好感谢一下。

临近傍晚,窗外的阵雨变成了连绵的大雨,余洋写作状态非常好,第一章只差个结尾了。

一声惊雷,余洋从紧张的情节中抽离出来。

这么大雨,还是早点去接哥哥吧,顺便照顾一下无家可归的小家伙们。

他关了电脑,把桌上特意准备好的礼物塞进口袋,又拿了两把长柄伞,细心地带了件透明的雨衣和一条毛巾,这才迈入门外的疾风骤雨里。

不出所料,医护站背巷里的小野猫正一声声呼救呢。

小黑才当了妈妈不久,有一窝小奶猫要护着,此时正躲在余洋给它搭的小木屋里。要不是一早就知道它在此处,那被风雨吞没的细微叫声谁也不会注意到。

余洋叫了它两声,小猫颤巍巍探出头来,轻轻舔了舔他的手指。

"奇怪,它怎么不抓你啊?"突然,余洋身后响起一道女声。

女孩说着,左手的拇指无意识地搓搓右手手背上一道浅浅的疤,那是上次她过来喂小猫时不小心被抓的。

余洋微微侧头,从身形和声音里分辨出站在自己身后的,是那个让他心心念念的身影。

"分……分人。"他紧张得有些结巴,说完稍稍偏了偏伞,从交错的缝隙中看向女孩的侧脸。

她正全神贯注盯着小猫,听到余洋的话有些不满:"你的意思是,它抓我是因为我人不好?"

女孩噘着嘴转过头,露出侧面一枚闪亮的钻石发卡。

余洋不由得按住了自己的口袋,那是他刚刚路过楼下商铺,老板娘推荐再三、适合送女孩子的礼物，如今看来却不及她头上发卡的半分精致。

女孩还想跟他问个清楚，却只堪堪撞上余洋用手挡住的脸。

"哼，每次遇见你都没个好话……"

嘴上虽然埋怨着，女孩却在看到余洋给小猫的木窝盖雨衣的动作时，把自己的伞向他偏了偏，刚刚好遮住一些落在他右肩上的雨。

"它抓你了？"余洋没忍住问了一句，话音一落，觉得自己"关心"得有点明显，局促地补了一句，"咳咳……我的意思是，我带它打过疫苗了，没关系的。"

女生没有觉得不妥，轻轻"嗯"了一声。

余洋不想再躲避她的眼睛，鼓足勇气扭过头，可女孩却正心无旁骛地抚摸着小猫，完全没有察觉到他的目光。

余洋甩甩脑袋，收回乱七八糟的心绪，动作利索地给小猫的窝搭好雨棚，又垫了毛巾给它："防水系统升级完毕。"

还没等向她好好展示这个防水系统有多可靠，远处巷口传来一声喇叭声，女孩按下同时响起的手机铃声，望向余洋："天气预报说雨会下一天，你早点回家吧，别再翻墙了！"

她撂下一句似有似无的关心，就逃也似的跑开了，剩下余洋一个，呆呆地站在原地，显得有些手足无措。

记忆中有无数个躲雨的傍晚，他保护着哥哥，保护着小猫，保护着叶伯阳台上的花花草草，却鲜少有人向他的方向倾斜一下伞，偷偷地替他挡住风雨。

而这个雨天是那么地不同，有一抹闯入他心里的影子，有一个看似近在咫尺的梦想就要实现，就像是在这条从未奢求过有回音的单行道上，忽然，前方有了一盏为他而亮起的灯……

不得不承认，余洋心里有个声音在欢呼雀跃，可他也很清楚，自己没法像普通人那样敞开心胸安然接受这一切。他怕下一刻醒来，不过是夏日午后的穿堂风吹过，他趴在电脑桌上打盹，做了一场一碰就碎的梦。

余洋不喜欢喝咖啡，苦、涩，还略带一点烧焦的味道……不过程烨约他见面的这家咖啡厅，装潢倒是很合他意。十字街角的位置和整面落地窗，视野非常开阔，余洋可以准确地捕捉到每一个即将推开门走进来的客人。

他在心里跟自己玩了个游戏，试试看能不能猜出来谁是程烨，奖励是一件新衬衣。

余洋的条件虽然说不上富裕，可对生活品质的追求却一点也没含糊，至少在让自己看起来穿着体面上还算用心。

眼看着已经到了约定的时间，程烨也没出现，余洋闲来无事，对着睡眠状态的电脑屏幕，系好衬衣最上面的一颗扣子，又整整领子，似乎这样看上去更靠谱些。

下一秒，余洋又觉得有点好笑，对方可是程烨啊，是那个在邮件里已经能与自己分享彼此生活的朋友，是自己未来的编辑。

这应当是一场非常轻松自然的会面才对。

又有一个女孩推门进来，穿着连衣裙、长发飘飘，在甜品单前流连,余洋收回视线,这与他对程烨的印象不符。

他脑海中的程烨,干练、执行力强,对自己的未来有明确的规划。那么她应当是个上班时比较有职业感,下了班依然光彩靓丽的样子。

余洋低下头打开手机,去看荧幕上哥哥的定位,确认无误后,又打开手机翻了翻自己小说的评论区。

程烨进门环顾了一圈,按照余洋描述的位置,视线停留在一个身着白衬衣,清俊挺拔的男生身上。

是他吧,带着些似曾相识的感觉。

她的脸颊上传来微烫的温度,对着眼前极富吸引力的男生轻舒一了口气,在内心重复了一遍"今天是来谈工作的"。

程烨刚准备好笑容,前桌的两个女生就笑闹着凑近了余洋身边,其中一个黄发的递过自己的手机,应该是在要联系方式。

程烨悬在半空中想要打招呼的手尴尬地放了下来,想等人搭讪之后再插话。

而余洋,根本没听清两个女生叽叽喳喳地到底在说什么,他礼貌地摆摆手,抬起头的那一瞬间,与她四目相对,眼皮飞快地跳了一下。

"余洋老师。"她举起刚放下的手尴尬地挥了挥。

男生不可思议地脱口而出:"程……烨?"

两个女生也随之望过来,眼神带着询问,毕竟……余洋这样打招呼的方式,让她们也搞不懂双方到底认不认识。

程烨反应极快,立马意识到也许余洋不擅长处理这样的搭讪,作为他未来的编辑,她决定"出手相助"。

压下微微翘起的唇角,程烨拉开凳子坐下,摘下身上挂着的包,将胸前的长发捋到肩后,露出好看的锁骨。

"不好意思啊,我没有带伞,等雨停了才从地铁口走过来,还好现在放晴了。"程烨的语气有一点撒娇的意味,女孩们秒懂,识趣地撤了。

剩下一个状况外的余洋,还在慢慢消化着自己视觉上的冲击。

放晴的何止是天气。余洋在心里感叹。

"是你啊。"比起程烨的自然,余洋的反应可以称得上木讷了,半天才挤出三个字。

可这三个字里,却包含着许多不知如何开口的情绪。

是你啊,那个槐花落下时与我一起翻墙冒险,再也没从我脑海里消失的女孩;

是你啊,那个和我一起养流浪猫,还给我撑伞的女孩;

是你啊,那个被我写在邮件里当作缪斯一般、还以你为原型创作了新的爱情线的女孩。

而现在,像做梦一样,你就坐在我面前——以程烨的身份。

"什么?"程烨不解地问。她今天戴了一副银色的圆眼镜,看上去比在医护站时多了几分书卷气,又减了几分年龄感。

"没什么,"余洋垂眸,用手抵住额头,希望能掩饰住一些不自然的表情,"你不是说,有……很重要的事要跟我说?"

余洋一紧张说话就会有点打磕巴,更可怕的是,如果程烨用初次见面时的那种眼神看他,他还会整个耳朵红起来。

程烨收敛了刚才"仗义相助"故作亲近的表情,严肃起来:"对的,我有很重要的事跟你说。"

余洋下意识地往前凑了凑。

"前两天我们编辑部开了选题会,我们的选题——过啦!"说到"过"字的时候,程烨突然在余洋耳边提高音量,搞得周围几桌客人都看了过来。

余洋有点不好意思地往后躲了躲身子,刚刚程烨的发丝滑过耳边,他的耳郭有些隐隐发痒,还没回过神来,脑袋里就"轰隆"一声,再也无法感知周围的世界,心里眼里全都是她。

跟邮件里那个公事公办的编辑不同,跟医护站那个跳脱的女孩也不一样,一动一静的两个影子渐渐重合,成为一个真实的、立体的、纤毫毕现的她。

"你怎么了?不应该很开心吗?"程烨问,她的眼神在余洋脸上游走,总觉得十分熟悉。

开心?为什么开心?

余洋以最快的速度在脑海中回放了一遍程烨刚才的话。

他轻呼一口气,用手抓住两只耳朵,眼睛始终盯着桌面:"你说我的小说,要……要出版了?"

"是的,接下来就等合同吧。You deserve it!"程烨语气轻快,单手托着下巴,认真看着对面的男孩。

余洋连忙点头,可这次,他的眼神却不飘忽了,准确地说,是怎么也无法从程烨的身上移开了。

"当初我说对你的选题有信心,不是鼓励你,而是真的相信你的才华！你新增加的感情线，我觉得特别好，接下来补完结局就可以了。"

余洋颔首轻笑。

"怎么我说什么你都点头？配合度真高！"程烨有点意外，"我以为以后我的工作还包括日常催稿呢，看来不需要了。"

催稿倒是不必，我产量可不低。余洋心里应着。

"得催，"他郑重其事地说，"我记性不好。"

"嗯哼。"程烨身子微微前倾，"那，你还记不记得……咱们之前说好，如果选题通过，下一本你也要签给我的！"

"我什么时候说过这种话？"余洋逗她。

他从来不是会跟女生贫嘴的性格，唯一一点孩子气都用在哥哥和叶伯那儿了，这会儿却像是无师自通。

"余洋老师！"程烨咬着牙，拖长了声音，面露愠怒，"你耍赖是不是？"

"没有，没有，开玩笑的。"余洋赶紧认错，"肯定签给你，你是我的伯乐嘛！而且……之前我说过会送给你一份亲手制作的礼物，到时候，你别嫌弃就行！"

嘴上这样说着，余洋心里却无比雀跃——自打上次选发饰作为礼物失败后，余洋煞费苦心地准备了份独一无二的礼物，正日思夜想应该找个什么理由，送给那个让他心动的女孩。

现在，这个机会来了。

"这还差不多！"程烨丝毫没有察觉余洋拙劣的演技，她的情绪都写在脸上，天真、不设防。

"肚子饿不饿?"余洋叫来服务员,"你看看要吃点什么。"

"不啦,"她漂亮的眼睛骨碌碌转了一圈,轻掩小腹,"我喝咖啡就行,不吃东西啦!"

说完,对着服务员道:"一杯冰美式,然后帮我开发票。"

说着,程烨从包里拿出来一个发票夹,打开后,里面被塞得满满的,一沓沓发票热情洋溢地蹦出来。

"我来,我来!"余洋看她要结账,赶紧掏出钱包,也没戳破刚才听到她肚子叫了一声的事,"怎么能让你请客!"

她促狭一笑,用手挡住嘴边,给他做口型:"我能报销。"

余洋被她抠门儿的小心思可爱到了:"开发票,你报你的!"

"那不行……哪有你花钱我报账的道理!"程烨赶忙说。

可话音刚落,余洋已经向服务员加了个双人份的三明治套餐,动作利索地买完单了。

程烨有些不好意思,小声嘀咕着:"那……谢谢余洋老师。这发票我不开了,下次,我请您喝咖啡吧……"程烨轻绾了一下垂下来的头发,害羞的样子实在惹人怜爱。

如果说失去父母、哥哥患病后的人生都是磨砺,那么程烨这个人,一定是对自己从前吃过所有的苦的补偿吧。

看着她小口喝下咖啡,余洋甚至都在猜想,那咖啡的味道或许都是甜的。

喜欢一个人真可怕。

余洋回过神来的时候,手里已经提着好几件新衣服了。

程烨早就与他告别，而他还回味着这种既陌生又令人兴奋的感觉。

"你看，那个人不打伞哎！"有路人在议论他。

不过是一场阳光雨，来得快去得也快，楼宇间已经隐约有了七彩的光。何况，余洋的伞现在顶在程烨头上，一切都令他的脚步轻快起来。

这种熨帖感该怎么形容呢？就像是有个人猝不及防地闯进了你心里尘封已久的一间屋子，她不打招呼就扫清了灰霾，打开所有窗户，硬是让阳光照进角角落落，然后对着你强势宣布自己的入驻。

你一点也不排斥，反而觉得她本就该在那里。

即使曾想过能配上她的男孩子该是什么完美模样，也不影响此刻他确定了自己的心意。

她依然值得最好的，而他却莫名有了向着那个方向努力的信心。

"哥，你看，是这件衣服好看，还是刚刚那件白色的衬衣好看啊？"余洋是天生的衣架子，哪怕只穿一件纯白色的衬衣，都显得阳光灿烂。

余海冲着弟弟身上这件蓝色的海魂衫点了点头。

"你真觉得这件好看？为什么我觉得不如白衬衫呢……"余洋又犹豫地对着镜子照了照。

这是他和程烨的第一次约会，对他来说无比重要，虽然他也不知道，对程烨来说这到底算不算得上是约会……

"哥，你说我戴不戴眼镜？戴上吧，比较斯文，不戴吧，比较活泼。你说，程烨到底喜欢什么样的呢？"

约会的时间是下午2点，一早才吃过早餐，余洋就已经开始兴奋起来了。

就像《小王子》里那段经典对白写的那样："比方说，你在下午4点钟来，那我在3点钟就会开始感到开心了。随着时间越来越接近，我会越来越开心，到了4点，我就已经开始坐立难安。"

余海不理会他，讷讷地点了点头。

"点头是什么意思？是戴呢，还是你也觉得不好看啊？"

余海继续点头。

"好，那，这顶帽子要戴吗？"

余洋凭借他的直男审美，翻出一顶棒球帽戴在头上。

余海点了点头。

余洋对着镜子，蓝色海魂衬衫，斯文的金属框眼镜，外加一顶棒球帽。

"怎么这么奇怪呢？"余洋看着镜子里的自己，觉得很别扭。

"哥你说……"话还没说完，他就从余光中看到了哥哥脸上偷笑的表情。

"好啊余海，你故意整我……"说着，余洋扑向了老实坐在沙发上的余海，"很好玩是吧，很好玩是吧！"余洋一边压着哥哥，一边用手挠哥哥的腰部，惹得他直发痒。

为了不误伤哥哥，以往兄弟俩打闹起来，余洋只能从他腰部怕痒的地方"钻空子"，这一招屡试不爽。每次只要挠痒痒，就会惹得余海瞬间没了力气，自己再厚着脸皮宣布胜利。

这会儿，余海笑得眼泪都要流出来了，好不容易喘了口气，找到个空当儿抓住余洋的手腕，稍一使力，就翻过身把他压在了沙发上。一眨眼的工夫，两个人的姿势就调换了，余洋成了无法反抗的那个。

丁零零——茶几上的手机忽然响了。

他赶紧边向哥哥"求饶"，边伸手去够，才看清了程烨的头像，便立刻不再跟哥哥打闹："不闹了，不闹了，我申请休战！"

程烨给他发了信息：我们提前一小时见面好不好？晚上我哥安排了家庭聚餐，我得早些回去。

余洋瞪大眼睛盯着手机屏幕，瞬间有些慌神："啊啊哥！不玩了，不玩了，快帮我选衣服！"

他的包里还放着程烨亲手做的一袋曲奇饼干，是上次程烨来还伞时送给自己的。它们像是有魔法一样，给了他很多力量，让他相信程烨对自己也是有感觉的。

透过医护站的玻璃可以清楚地看见，余海在和其他病友做手工品。今天的志愿者看起来稍年长些，极有耐心，笑起来春风和煦，透露着温柔。

这下放心了，余洋看了看表，抓紧时间往书店赶去。

好在两地距离很近，余洋到达书店的时候，程烨已经站在绘本的区域翻着凡·高的作品了。

"余洋老师，这里！"程烨看到他，扬了扬手里的书打招呼。

翁源的书店不多，这里也就成了大多数爱书之人的消遣场所，站着的，坐在地上的，靠在墙上的，每个人都专心致志地拿着本书，并没有留意到刚刚聚首的两个人。

他们沿着书架漫不经心地走着："你上次说，你的新小说叫《夜莺与鸢尾花》，为什么想起这个名字呢？"

"因为我喜欢凡·高的作品，最喜欢的是《鸢尾花》。"余洋接过她手里的绘本，翻了两页找到这幅画，"你也很喜欢吧？我看到你的手机壳是鸢尾花。"

"嗯，"程烨不否认，为两人之间奇妙的相似性暗自欣喜，"那夜莺呢？"

"夜莺……夜莺是……随便取的。"

"这样啊……"她见他似乎不愿多说，也没再问。

空气有些安静，程烨忽然想到余洋在邮件里经常提起的那个女孩子："你……你说是以喜欢的女孩子为原型写的小说，你们现在怎么样了？"

"嗯……我也不知道怎么描述，算有，也算没有吧。"余洋挠挠后脑勺，目光在来来往往的人潮里扫过一遍，又定格在程烨脸上，犹豫要不要直接告诉她，"其实……"

正在这时，他口袋里的手机不合时宜地响起来。

程烨刚刚察觉到气氛有点暧昧，心里五味杂陈，听到铃声反倒松了口气，提醒他："先接电话吧。"

余洋拿起手机，看见来电显示是社区阿姨，他心头一紧，有种不好的预感。

"小洋啊,你快点来吧,你哥哥他又……"

余洋赶到的时候,余海把整个活动室弄得乱七八糟的。

据阿姨说,余海今天一直不太配合,稍不留神,就跟另一位病友发生了争执,情绪激动下发病的他,几乎把活动室的物品全都砸坏了,要不是小区的安保人员赶到,还不知道会闹得多严重。

余洋连连道歉,给对方家属和社区工作人员诚心赔了不是,再三保证自己一定把哥哥制造的残局打扫干净。

送走对方家属时,他瞥见门边站着那个熟悉的身影。

程烨因为被放鸽子,索性就来医护站帮忙了,却没想到前脚离开自己的余洋,后脚在这里出现了。

她半信半疑地叫了一声他的名字。

余洋瞬间觉得,更糟糕的事情来了。

他缓缓走近,飞速想着该怎么跟程烨解释。

"所以……余海哥哥,是你的?"程烨一直觉得这两个名字有点关联,但余洋从没提过,她也就没多过问。

"啊,是……是我一起长大的……朋友。"说话声越来越小,底气也越来越不足。

"哦,是这样啊,"程烨的脸色有些难看,生硬地移开目光,"我帮你一起收拾吧。"

余海见到程烨有些兴奋,起身从后面抱住弟弟,跟余洋闹着玩了起来。

从小到大，在余海面前，余洋就没有按照原计划行事这一说，为了这次约会，演练千百次都没有用，他没把这个最大的不定数算进去。

余洋把哥哥的手慢慢移下来，眼神却始终不敢看程烨："不用了，你早点回去吧，不是有家庭聚餐吗？这里交给我就行。"

余洋说着抢过程烨手中的扫把，推着她往门外走去。

程烨还想再说，一回头看到他不自然的表情，便止住了话头。

她是不是看出余海是我哥了？不然就算从前再忙，也不会几天不联系。可……应该告诉她真相吗？知道真相之后，要怎么面对她呢？

一连几日都没有收到程烨的消息，余洋心里像是炸开了锅。

眼看着又到每周末的社区活动了，想到一会儿就要见到程烨，余洋心烦意乱的，一路上都耷拉着脑袋，没说一个字。

医护站的活动室里，程烨已经提前坐在圆桌旁，带着其他病人做小组活动。

余洋把哥哥送进去的时候，故意躲在门后，不敢直视程烨的眼睛。

"大海哥哥，快来，今天我们玩一个新的游戏！"程烨想努力装作什么事情都没发生的样子，但她往门外瞟了一眼后脸上的失落，却骗不了人。

一整个下午，余洋都在医护站外的墙根下坐着，有的时候想想和程烨的关系，有的时候什么都不想。对他来说，从前最怕的就是因为爱产生的人际关系，倘若没有能力为其负责，还不如趁早放弃这复杂又难理的关系，而现在……

医护站门口接人的家属渐渐多了起来，余洋刻意在门外等了等，想着人都走光了再进去。

程烨看见余洋，一点也不奇怪："季阿姨，活动室交给我收拾就好了，您忙了一天，回去休息一下吧。"

"行，交给你我肯定放心。"居委会的季阿姨忍不住夸，"小烨这孩子啊，真是又细心又能干，这么好的姑娘，谈男朋友了没有哇？"

"季阿姨，"程烨脸红得像个桃子，"您就别开我玩笑了，我要干活儿啦。"

"我看啊，我们余洋不错！小伙子又高又帅还有才，"季阿姨把肩膀上的布兜往上提了提，末了又补了一句，"照顾他哥那叫一个仔细，将来对女朋友也差不了！"

活动室一片安静，跟季阿姨的笑声形成鲜明的对比。

余洋尴尬地送走季阿姨，挪步回到程烨身边。

"带大海哥哥回去吧，我好收拾这里。"她说这话的语气特别自然，没有半点嗔怪的意思，甚至都没有任何波澜起伏。

"我帮你一……"

"不用。"程烨打断余洋，一个人使劲擦着桌子。

余洋被噎得说不出话，只好默默走到活动室另一侧，收拾起桌上凌乱的手工品来。

他低着头整理桌面上的狼藉，时不时抬起眼偷看程烨。很多次想开口,却始终不知道要怎么解释。

撒了一个谎,就要用更多的谎言来弥补。

"余海是我哥。我不是故意瞒着你的……"还是余洋先打破了寂静,"我只是觉得,如果说出来,我们……"

"我们什么?"程烨没停下手上的活儿,继续自然地、看似漫不经心地问余洋。

活动室经过一下午的小组活动,热气腾腾的,余洋的汗顺着发际就流了下来。

"我不是故意隐瞒什么,只是觉得对你来说,应该很难理解我的生活。我哥这个情况……哎,你做义工体会得到的,只是我糟糕生活中很小的一部分,很多无奈你都无法想象。"

说着,余洋垂下头。

程烨先是一愣,然后很是吃惊地转过身,瞪圆了眼睛:"你怎么会这样想?你都不了解我真正的生活,为什么就判定我不能理解你的生活?我每周都来照顾这里的病人,他们什么样难道我会不知道吗?"

程烨说这话的时候,颈部抻着青筋,额前的几丝碎发黏在一起,颇有理论一番的架势。

"我不是这个意思,我……算了,今天先这样吧。"余洋说话的声音很小,就像是他喂过的那只流浪猫一样。

"我从没觉得他们有多么糟糕,他们只是生病了,和发烧、感冒并没什么不同,他们只是需要更多的关心和照顾……"程烨不高的声音中带着点沙哑,听上去有些委屈。

"程烨，我没办法和你争论，我只能说，事实远不是你看到的样子。你说他们的病和发烧、感冒没什么不同，那只是因为你是一个正常人，如果你是他、是我，你都不会说出这样的话。我哥，他就是个随时随地可能爆发的定时炸弹，没你说得那么轻巧。"余洋试图向程烨解释清楚，却越说越远。

"余洋，"程烨打断他，"你根本没有明白我的意思，我是想告诉你，无论余海哥哥是什么样的，你都没必要因为这些而担心会影响到我跟你……也许就像你说的，我看到的只是一部分，可你甚至都不给我看到其他部分的机会，怎么就认定了我无法理解？"程烨不依不饶。

"我说了不是这个意思……我不知道怎么说你才能懂，算了，没必要为了这件事吵，我……我先回去了。"余洋拉住哥哥的手，想要带他离开。

豆大的泪水从程烨的眼里夺眶而出，她用力把手上的毛巾甩在桌上，心有不甘地盯着眼前这个略显狼狈的男孩。

余海死死地站在原地不动，又开始闹起情绪来，刚被余洋收拾好的积木，转眼又被他踢得散落一地。

余洋心力交瘁，连再跟程烨多解释一句的力气都没有了，他转身面向余海，一时有些失控地喊出来："你够了！"

余海冷不丁被弟弟吼了一句，吓得抱住自己的肩膀缩到了墙边。

"你别凶他啊！"程烨也被吓到了，冲过来挡在余海面前，"有什么话不能好好说吗？"

余洋眼里像是燃了火,直勾勾地盯着哥哥:"你走不走?不走我走了!"

余海这下更害怕了,浑身打起了哆嗦。

"你干什么啊,余海哥哥又没有错,"程烨把余洋朝远处推开,"有什么火你冲我撒,别再吼他了。"

"冲你撒?好啊!"余洋有些着急,音量也提高了不少。

"我问你,你早就知道余海是我哥,为什么不说?"

程烨怔住了,一时不知该开口说什么。

余洋继续问:"这些天你都去哪儿了,就是为了和我赌气吗?"他越说越觉得意难平,程烨的看破不戳破,越发显得自己的行为像是跳梁小丑,余洋心知是自己的问题,却难以抑制情绪,像小孩子一样用无理取闹占据争吵的上风。

程烨啜泣着一言不发,委屈巴巴地盯着眼前幼稚的男孩,那眼神像是给他判了负分,又不给更正的机会。

"你说啊,看着我这样,有意思吗?"他心里不想凶程烨,可说出去的话已经收不回来了。

程烨被气得直发抖,背过身"哇"的一声哭了出来。

余海见两人情绪越来越激动,先是呜咽,然后也跟着哭出声来。

余洋绕过程烨,一把拉起哥哥的手:"你别哭了!起来!跟我回家!"

成年以后,余海很少再见弟弟这样发脾气了,他惶恐不安地抽回手,狠狠地跺了几下脚,猛地朝门口跑去。

余洋的眼皮跟着哥哥的身影动了一下,程烨还没反应过来,他已经拿起桌子上的书包追了出去。

"余洋!"程烨哭着,大喊了一声他的名字,"你为什么……"

余洋听到她崩溃的声音,回过头看向她,却来不及多说什么,只留下一个意味深长的眼神,便转身消失在门外了。

是啊,为什么……

为什么被你看到这么狼狈的时刻?

为什么不敢告诉你余海是我的哥哥?

为什么无法坦诚相待……让你走近我?

余洋压下嗓子里泛出的苦涩,这一刻,他多想鼓起勇气告诉她答案。

因为喜欢你啊。

因为喜欢你,所以一切都小心翼翼。

因为喜欢你,所以胆小、撒谎,甚至变得虚荣、懦弱。

因为喜欢你,所以想隐藏自己所有的狼狈和力不从心。

因为我喜欢你。

嫌疑人

Love

Of 的

Confession 告白

第四章
是你

遇见你之后,
我只希望生活有一种可能,
那就是和你在一起。

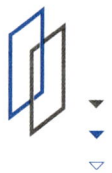

"我没病!"

派出所门外,叶之舟的表情有些狰狞:"我清清楚楚看到了他相机里有偷拍我和安安的照片!哥,你相信我……"

"我知道,你先别急。"叶之桥打断了弟弟。

"哥,我来警局这事儿你千万别让安安知道,她本来就胆小。"

"现在是你的问题!"叶之桥愁眉紧锁,"你说你看到照片了,可是刚才在办公室里,警察检查了相机的存储卡,只有一些不相干的人像,更多的是风景照,并没有跟踪你或是安安的痕迹。楼道里的监控也显示是你先冲出家门抢陈新凯的相机,又动手打人的,现在没有一项证据对你有利。"

叶之桥缓了一口气，安抚叶之舟："我当然相信你这么做一定是事出有因，但是他现在指控你有精神疾病，你现在是肇事者。"

叶之舟恼怒："什么乱七八糟的，他才有精神病！"

叶之桥按住叶之舟的肩膀："我在跟陈新凯谈和解，你不要再生事端了。"

"可是不能就这么算了啊！"叶之舟气得一拳砸在墙面上，指关节渗出了血。

叶之桥急忙拉住他："先回去再说。"

兄弟俩不再交谈，各怀心思。

叶之舟想不通，存储卡里的照片怎么会突然间不翼而飞？而叶之桥则咂摸着陈新凯方才的供述，他说"留意"过邻居家的垃圾，得知叶之舟在服用抗精神药物。

他看着弟弟尚且愤愤不平的模样，心情一点点沉下来。

纵使弟弟有躁郁症的表现，处理事情太过鲁莽冲动，可会翻邻居垃圾的人，又是什么好人呢？

这起纷争最终被定义为邻里之间斗殴，陈新凯答应了私了，而叶之舟则从头到尾黑着脸，恨不能扒下陈新凯这副皮囊看看他到底包藏着什么祸心。

"你那边装修进度怎么样？"

早餐时间，叶之桥通常会吃到弟弟煎得恰到好处的太阳蛋，淋上几滴海鲜汁，配上现磨的咖啡。

他低头看着今天餐盘里一圈焦黑的蛋边,完全能够从中体会到做它的人的心不在焉。

他起了个不沾边的话题,聊起叶之舟偷偷准备的婚房,希望能帮他分散一些注意力。

"差不多了,"弟弟果然少了些愁眉苦脸,"可以开始软装的部分了。"

说完,又把话题绕了回来:"哥,我说,你也别住这边了吧?"他面向对门的方向,"放着这么一个变态当邻居,想想就瘆得慌。"

叶之桥咽下鸡蛋,靠近烧焦的部分在口腔里酝酿出苦味。他没有直接回答,而是有些担心地看着叶之舟:"事情还没有解决完,你先不要想太多。"

"还要怎么解决?"叶之舟没有了往常慢慢品咖啡的情趣,一口灌进喉咙,杯子落在玻璃餐桌上发出清脆的响声。

"他是你的粉丝,之前我跟你说过一次,记得吗?"叶之桥歪头回忆了一下,"有天我下班回来,在楼道里听到他家传来你电台的配乐声。"

"怎么不记得?"叶之舟没好气,"你还说他家音响效果不错。"

"嗯,既然是粉丝,那么不管怎样,应该都不会做出伤害偶像的事来,所以说,也不必太担心,可能就是太崇拜了,有好奇心。"叶之桥喝了口咖啡,"你也算是个公众人物,遇到这样的事不稀奇,反正也快搬去新房,别再冲动就是了。"

"就算是粉丝,也不至于这么夸张吧?再说了,一个大男人偷拍我算什么！"叶之舟越想越觉得恶寒。

"我先找机会跟他聊一聊，了解一下情况，你就该干什么干什么，避免接触吧！"叶之桥是市医院的外科医生，工作比弟弟更忙，这会儿看了眼时间，再不出门就要被早高峰堵在高架桥上了。

"听到了吗？等我回来处理。"他像小时候一样伸出拳头，叶之舟撇嘴跟他碰了一拳，不服气地答应了。

叶之舟的父母是生意人，从小对兄弟俩疏于照顾，可以说是叶之桥把自己带大的。长兄如父，叶之舟一直都很尊敬哥哥，哥哥的话之于他也向来是有分量的。

见弟弟不再那么烦躁了，叶之桥放心一些，拎起包去上班了。

剩下叶之舟一个人，他对着餐桌上的空盘子发了一个长长的呆。

他是信任他哥的，相信他能和以往一样帮自己处理好，可眼下坐立难安，睁眼闭眼全都是与被跟踪、被偷拍有关的场景。

心烦意乱，想着这事是他惹出来的，陈新凯又口口声声说是他的粉丝，与其让叶之桥做完一天的手术回家再帮自己处理烂摊子，不如想个办法侧面打探一下。

他想好了，陈新凯即使是个蔫坏的，也不会明着做什么出格的事。这一次他不会冲动打架，也不打算给对方脸色看，他就想搞清楚照片为什么会不翼而飞，而陈新凯究竟有什么企图。

否则他在家里憋一天，实在是如坐针毡。

叶之舟给公司那边打了电话，交代说自己有事，又从自家酒柜上选了一瓶好酒，打开门，开启了这场"和解之旅"。

站在陈新凯家门前，他有点犹豫，不知道第一句话该怎么开场。

可还没等他想好，面前黑色的门就突然开了，对方看着他，像早就知道他要来一样。

9 月的最后一天，原本应该是余洋和程烨约好一起去参加某个作家的阅读沙龙的日子，可之前不欢而散后，两人都没有联系过对方。

余洋知道自己应该主动向程烨道个歉，可每次编辑好了长长的文字，都在准备发出的最后一刻放弃了。

她一定对自己很失望吧。余洋无数次地揣测。

那日的对话像开启了无限循环模式，夜夜准时入梦，他脸上的不耐烦、语气中的烦躁、压在心底的解释，一帧一帧慢放，越发令他失去主动联系她的勇气。

余洋就这样盯着手机坐在玄关的椅子上发呆，一直到余海等不及地踢了踢他的鞋尖才回神。

他该送哥哥去医护站了。

如果能遇见程烨，第一句话就说对不起吧。他打着腹稿。

如果她愿意给自己一个机会解释，一定不要像上次那样把她"推开"了。

余洋心事重重，拉着哥哥一路走到医护站都没说话，余海自那日闹过之后对医护站也心有戚戚，兄弟俩到了门口都杵着没动，还是办公室的季阿姨先看到了他们。

"余洋？怎么不进去啊？"

声音从背后传来，余洋吓了一跳："啊……这就进去。"

说罢，他在门口欲言又止地站了一会儿。

"还没和好哪？"中老年女性的八卦嗅觉上线，扫了一眼余洋的表情就猜了个八九不离十，可随即表情有点惆怅，"哎……程烨这周请假没来呢！说是住院了，但又说不严重。"

生病了……

余洋的眉毛很快蹙到了一起，神情紧张地问："您方便帮我打听一下她在哪家医院吗？我……我想代表咱们医护站去探望一下。"

"喊，还代表什么医护站，"阿姨戳破他，"想追就去追！我给你问问地址啊！"

季阿姨笑着走开，可余洋却没有心情笑得出来。想到程烨生病，原先的生气、冷战，通通都变得不重要了，内心的愧疚如野草般疯长。

余海头一次见弟弟跟丢了魂似的，心里也跟着翻江倒海起来。他揪住余洋的衣袖，等待一个肯定的答案。

"你想跟我一起去？"

发生上次的事情之后，余洋知道哥哥心里不好受，但也很清楚，医院是哥哥最不喜欢的地方："你还是乖乖待在医护站吧，等程烨好了我再带你去看她，好不好？"

余海眼睛动了动，低头用脚尖在地上画圈圈，这是还想争取一下的意思。

余洋斟酌了下，将双手搭在哥哥的肩上郑重道："好吧，咱俩一起，但你一定要控制好自己的情绪，不可以再惹事了。"

余海立正站直，把双手放在裤缝线处，表示一定谨遵弟嘱。

拿到了地址，余洋带着哥哥打了出租车直奔医院，听说是肠胃科的病房，他脊背上一层薄汗半天消不下去。

两个人拎着在楼下买的果篮七拐八拐，来到了程烨的病房门口。

小小一个人，侧躺在病床上，一只手搭在脸上捂着眼睛，另一只手正在挂水。

余洋又转过头去嘱咐哥哥："咱们说好了，不能吵闹噢！"

余海似是听懂了，抿住双唇。

余洋推开病房的门，有其他床的病人看过来，程烨并没有任何反应，余洋心下有点难过。

每个病床边都有人陪着，只有她孤零零一个，听到动静也不看看，是笃定了不会有人探望吗？

他轻声走到程烨身边，看到她指缝里隐有泪痕，动作更是温柔了几分。

"程烨……"他叫她。

病床上的女生愣了一下,并没把手拿开,而是从指间露出眼睛确认,看到是他,才傻乎乎地擦了把眼泪,露出有点震惊的表情。

"我……"余洋刚要道歉,程烨一把拽过被子捂住自己。

隔壁床看热闹的病人不小心笑出声,好像在观看小情侣闹脾气。

余洋有些无奈,余海又在无语望天,看来还是只能靠自己……

他在程烨的病床边坐下,手拉开一点被子确保她能听见:"不闷吗?一直捂着。"

"哼。"

这应该是,可以哄了吧……

他没用多大的力气跟她拉扯被子:"我是来负荆请罪的。"他的语气十分诚恳。

程烨躲无可躲,斜斜瞪他一眼,还带着一点点哭腔:"荆呢?"

啊?

余洋没想到她会这样问,眼神转了转:"说错了,携我哥前来请罪。"

"现在承认是你哥哥了?"程烨的视线在兄弟俩脸上来回打量。

余海察觉到她的注视,蹭到病床边扯了扯程烨的被角,一副"求饶"的样子。

见程烨有点憋笑的意思了,余洋乘势而上:"将相和,国家兴,对吧,别生气了……"

程烨拿这兄弟俩没办法,挡住上翘的嘴角傲娇道:"谁跟你是家人！"

气氛有些暧昧，余洋脸渐渐泛红，不好意思再让旁人听戏，俯下身轻语："程烨，上次的事，对不起啊。"

"那你说说看，你怎么错了？"程烨水灵灵的眼睛里映着余洋傻乎乎的影子。

他认真地竖起三根手指："怎么都错了，哪儿哪儿都不对。"

"少来吧，"程烨笑了，拨下余洋的手，"认真的，我想问你，为什么要瞒着我？"

余洋就知道以程烨的性子，定是要不依不饶地问个明白的，但眼下还是她的身体重要，况且，自己还没想好是否要和盘托出："要不……等你病好了再说，好不好？"

"那等你想说了再来看我吧！"程烨把头扭向一侧，又要拉起被子蒙住自己。

原本只是想来探望，顺便说句抱歉，可现在这个情况，如果不告诉程烨自己的真实想法，好像再怎么解释都无济于事。

余洋心一横，索性决定告诉她事实："好吧，我说！其实……"

程烨背对着他，瞪大眼睛等一个想了许久也想不通的答案。

"其实……你就是我在邮件里写过的那个女孩。"

这记直球太过突然，程烨全无心理准备。

余洋双手握住她的肩上，轻轻那么一拨，两个人就恢复了面对面的姿势，他继续说道："第一次见你的时候，我没想过我们会有这么多的交集，只是觉得你很耀眼，但后来接触才发现，你是我见过的人当中，唯一一个有这么强的同理心去对待医护站那些病人的,你比看上去更懂得包容,更懂得体谅,你喜欢《小王子》,喜欢《简·爱》,这些也都是我喜欢的,哦,还有,留在小黑窝旁边的罐头,也是你买的吧……"

距离太近,两个人呼吸相闻,除了医院里消毒水的味道,竟还有一丝不知从何而来的暖煦的香气。

之前她只觉得余洋眼熟,可现在顺着这漫长的反射弧,好像稍稍能理顺一些了——原来,那个墙下英雄救美的男孩,那个和自己一起照顾小黑、给它搭窝喂食的男孩,正是在出版社挑战金编辑、才情满腹的余洋,而他在邮件里形容的那个很美好的女孩,甚至让自己有一点嫉妒的女孩,从来都是自己。

程烨的指尖不小心碰到他放在旁边的手,被余洋一把握住,她的手微凉。

程烨将自己的手轻轻抽开,用指腹摩擦了一下余洋的手背。

余洋被她的小动作鼓励到,又鼓起勇气继续说:"程烨……我……喜欢你。因为喜欢你,才会很在意你对我的看法,因为喜欢你,才觉得自己浑身都是缺点配不上你,因为喜欢你,一点点情绪都被放得无限大,一不小心,就矫情了,我平时真不这样!"

程烨被他呼出的热气痒到耳朵,微微向旁边躺了点,声音糯糯的:"作家是不是都这样,用排比句告白?"

余洋原本有些忐忑的心,在听到她的玩笑话之后平息了不少:"还有其他作家跟你告白?"

程烨终于露出了笑容:"烦人!"

见她情绪好了很多,余洋也不再说悄悄话了,他坐直身子,面色严厉了一些:"现在该你了,跟我说说怎么突然就生病了?是工作累的吗?"

程烨借着他手上的力气撑起身子,余洋拿了枕头垫在她身后。

"没事,就是没注意,熬了几晚……"

他看到她脸上还有没干的泪痕,想起来刚进门时她似乎正一个人偷偷哭呢:"没事还偷偷掉眼泪。"

"我那是……刚才胃又有一点疼。"她才不想承认,其他病人都有家人陪伴,她以为自己一个人搞得定,谁知道人生起病来这么脆弱。

余洋听到她说疼哪里还坐得住:"你疼怎么不早说!我去给你叫医生!"

"哎呀,回来!"程烨有些羞恼,看他拔腿就要往病房外跑,立刻出声叫住他,病房里的其他人都看过来。

"我现在不疼了。"

"真的?"余洋坐回先前的位置,看她神色确实没什么不妥。

"真的!"程烨急道,"不用叫医生来!我都快好了,你……给我削个苹果吧!"

"好!"余洋伸手从果篮里挑了个最大最红的苹果,动作娴熟地削完一整颗,放在她的唇边。

见余海眼巴巴看着,程烨把余洋的手推向了他:"大海哥哥先吃吧!惩罚余洋老师再给我削一个。"

余海看看弟弟的眼色,见他同意,便乐不可支地接过。一大口咬下去,汁水溅了一脸,也顾不上擦,就又是一口:"甜!真甜!"

病房里发出一阵友善的笑声。

"哥,你今天表现真好啊!够乖!"余洋看着异常配合的余海,十分欣慰,又手脚麻利地给程烨削了一个。

"只要我在,大海哥哥一直都这么乖啊!"程烨咬着脆脆的苹果得意地邀功。

她脸上还有一点没擦干的泪痕,可这会儿正阳光灿烂地笑着,余洋看着俩人啃苹果,心里柔软得一塌糊涂。

其他人的爱情故事都是怎么开始的呢?余洋不知道。

于别人或许无关紧要,成年人总是戴着社交面具,心里究竟有没有壁垒只有自己清楚。但就他而言,医院的告白之后,程烨就已经完全被他划分到"自己人"的范围里面了。

这些年打破余洋心里这块壁垒的"外人",除了新晋的程烨,就只有客厅那个虎头虎脑正在跟余海抢遥控器的林毅了,算起来,他们也认识十几年了。

林毅举着遥控器的右手,虎口处有一道浅浅的伤疤,是跟余洋左手"对称"的同款,那是二年级时他们跟不良少年打架时留下的。

那时候的余洋还不认识他,因为做数学题比哥哥慢了十分钟,出门晚了一步。

缠绵了一天的雨停在傍晚时分,晚高峰的街上车水马龙,余洋绕开深深浅浅的水洼,跑得太快,短裤和袜子都溅上了泥水。

快一点,再快一点。

他在心里默念,朝着街心公园方向那个被他和哥哥叫作"秘密基地"的地方跑去。

每当过了营业时间,他和余海都会从树林后面的围墙翻进去,那时候,空无一人的跷跷板、滑梯、蹦床和很大的沙坑都已经虚位以待了。

"余……"

拐过最后一条小径,余洋把"海"字含在了嘴里,吓得蹲在一座花坛后面。

"秘密基地"不再隐秘了。

"道歉!"

面无表情的余海被几个身高相差不多的男孩子围着,那群人像传球一样一人一下推着他。

见他一言不发,其中一个有点生气,用力大了一些,余海被揉倒,屁股硌在地面的小石子上,生疼。

他还是没搞清楚情况,只是茫然地四下张望。

"一个傻子还敢跟我抢地盘!"为首的男孩反戴着棒球帽,见余海几乎毫无反抗,更放肆了。他拍拍余海的脸:"看啊,果然是个傻子,连话都不会说。"

周围的起哄声也大了起来,余洋目睹着一切,却不知道该不该冲出去保护哥哥。

他见过这几个"不良少年",知道要离他们远点,可是余海不懂……

"啪。"

棒球帽男孩扇了余海一巴掌，力气很大，以致他的脸上立马浮起红色的指印。

余海呜咽出声，正要挣扎反抗，又被其他几个男孩按住，强迫他跪下。

余洋小小的身子刚好被花坛完全挡住，昏暗的光线下，如果不仔细看，很难发现这个微微发抖的小男孩正双手握拳，眼睛直直地瞪着空地上男孩们。

"你跟我道个歉，说不定我就不打你了！"棒球帽男孩觉得余海的反应实在无聊，可这么多小跟班看着，也不好就此收手，"哦……傻子可能不会道歉，那这样吧，你叫我一声'爸爸'，这你总会吧？"

余海的膝盖已经被擦破，腿上的伤口也沾了泥土，疼痛不安地扭着身体。

余洋四处张望，一个人影都没有。他的目光扫到花坛里斜长出来的一小段花枝，捏住掰断了想要当作武器，却迟迟没敢冲出去。

余海，跟他们道歉吧……余洋在心里祈求着。

"喂，"正在这时，其中一个男孩说话了，"他不会叫'爸爸'的，你们不知道吗？他跟他弟都是孤儿，没有爸爸！就因为他是个傻子，他爸妈才不要他们的。"

起哄的声音停止了，几个男孩面面相觑，一齐看向棒球帽男孩。

愣怔间，余海挣开了按住他的手，站起来毫无章法地扑向棒球帽男孩。

后者轻松躲过，随即像是找到宝藏一般，眼睛里甚至闪着兴奋的光："没人罩啊，那不是正好！"他的喉咙里发出低哑的笑声，"给我揍！傻子会传染，得揍到死才行！"

围观的孩子有的无动于衷，有的却像是受到了莫大的鼓励，手脚上的动作更重了。

花枝被余洋从左手换到右手，又换回来，眼泪一颗颗砸向地面，手指被分权的枝丫划破了也浑然未觉。他紧紧盯着被按在泥地里欺负的余海，内心翻江倒海般忐忑。

棒球帽男孩踩住余海的手指，示威般看向没有"服从命令"的那几人。

余洋紧紧地闭上眼睛，手心全是汗。

我该怎么办？现在过去也会被打得很惨吧？为什么不道歉呢，明知道打不过的。对不起，我还是不敢……

花坛边快速闪过一个人影，看到余洋先是吓了一跳，随后又迅速走开。

"等一下，帮我救救他行吗？我自己不敢……"

那是八岁的林毅，头发剃得比现在短，身量也没长开，连换牙都比其他小朋友晚："我只是回来找落下的钥匙的，不认识你们……"他瞥见那群大孩子，语气有些发虚，"不关我的事。"

余洋完全能理解他的恐惧，可是眼下没有其他援手，他拉住林毅："他们如果看到你，会连你一起欺负的，我们得团结起来，不然以后都不敢在这一片玩了。"

林毅怯怯地看了一眼棒球帽男孩，吞了口口水："你……你去给他们认个错不就行了？"

余洋握住他的胳膊："认错他们就不打了吗？认错他们就不欺负你了？"

林毅在这一带看过太多次这群小混混欺负人，每一个都跪地求饶，却还是遭了毒打。

林毅耷拉着脑袋。

不远处，余海发出一声惨叫。这一次，他被棒球帽男孩踩住的脸半埋在泥地里，痛得双手直拍地面，嘴里哇哇大叫："坏人，坏人！"

余洋捂住林毅的嘴巴，才让那一声惊叫不被那几个施暴的男孩听到："帮我一起救救我哥吧，我答应你，以后你如果落单被欺负了，我一定拼死保护你！"

天空中最后几抹光也因被阴云笼罩而显得黯然失色，这是雷雨将至的前兆。

"挺抗打啊大傻，"棒球帽男孩趾高气扬地调笑，"我还没打死过人呢，你要当第一个吗？"

余海像是条要搁浅的鱼，拼命挣扎，哭得上气不接下气，却只是无谓的扑腾罢了，他实在太无助了。

听到这儿，余洋再也忍不住了，即便依然无法抑制身体的颤抖，却仍旧鼓起全部的勇气，从花坛里捡了一块不大的鹅卵石冲了上去。

石头砸向棒球帽男孩的背部，他痛呼转身，看到比自己矮半个身子的余洋，脸上惊吓的神色转瞬变得无比狠戾。他三两步跨到余洋面前，揪住他的衣领，狠推了一把。

"又来两个送死的，给我打！"肇事者一拥而上。

余洋还没反应过来他话里的"两个"，就见身边跟自己一般高的另一个小萝卜头闭着眼睛也冲了上来。

力量实在相差悬殊，他俩连爬起来的机会都没有，就被其他几个围过来的孩子按住了，招呼在他们身上的拳脚，并没有因为年纪小而少了半分。

远处一声惊雷，倾盆大雨忽至，两个"帮手"跑开去躲雨了，另外一个还在等棒球帽男孩发号施令。

他一左一右两只脚换着重心踩着余洋和林毅的手，嘲笑道："英雄无悔是吧？"

已经后悔了。

林毅叫苦不迭，自己怎么被这个余洋两三句话就鼓弄得跟人打架了，对方还是个恶霸。

棒球帽男孩显然对余洋更有兴趣一点，他抬起脚，狠踹向余洋的肚子，笑着，骂着："大傻子家里有个小傻子，小傻子长大变成大傻子……"

余海趴在地上，一动不动地盯着棒球帽男孩的脚踝。那骨关节处的字母刺青随着脚掌扭动而变得扭曲褶皱，余海的表情也越发狰狞。

这边被痛扁的余洋比刚才看着哥哥挨揍哭得更难过，不是因为身体的伤痛，而是恨自己个子长得慢，恨自己没有足够的力气，恨此刻站不起来的软弱，也恨……为什么自己有一个傻哥哥……

雷鸣阵阵，雨水很快把余洋浑身浇得湿透，他捂着脸蜷缩成一团，本能地喊着"余海，救我"。

一声怒喝，林毅从指缝里，看到趴在不远处的余海发癫似的爬起来，一头撞向脱了裤子准备朝余洋撒尿的棒球帽男孩，而余洋和林毅，也从压制中挣脱出来，不要命似的开始反击。

…………

他们三人的小团体虽然没打赢，但自那之后，却也没人再敢轻易欺负他们了。

"喂！给我哥换回《奥特曼》看！"余洋扔了个抱枕砸到林毅头上，帮了哥哥一把，余海趁林毅被击中，迅速从他手中夺回遥控器，乐得前仰后合。

林毅撸起袖子，准备跟余海"大战一场"，被余洋拦住："话说你到底什么毛病啊？自己有家不回，跑别人家来睡沙发，呼噜打得跟直升机要起飞一样。"

林毅昨晚结了一个跟了两个月的案子，跟同事喝到半夜，醉醺醺地敲开了余洋家的门，因为吵醒了好不容易睡着的余海，被余洋按在沙发上"揍"了两拳。

他揉着还在隐隐作疼的肚子："趁我喝醉袭警，我还没跟你算账！打得我腹肌好疼！"

余洋瞪了一眼他的肚腩："最好是腹肌不是啤酒桶。"

"嘿嘿。"林毅摸着自己的肚子，打了个饱嗝。

"对了,我有事跟你说。"

林毅屁颠屁颠、熟门熟路地溜进厨房拿了两罐可乐,递给余洋一罐:"什么事啊,最好不要是抛下我脱单了这种丧心病狂的事。"

"啪——"余洋打开易拉罐,沉默了。

"不是吧!"

林毅灌了一大口冰凉的可乐:"什么时候的事?就我不注意的这两个月?"他故作一副控诉的表情,像个遭丈夫背叛的小娇妻。

"嗯哼。"余洋就喜欢看他吃瘪的样子,心情大好。

这下林毅连最爱的可乐也不喝了,"哐"的一声,他把可乐放在茶几上:"到底怎么回事?说清楚!说好的红尘作伴,陪兄弟单得潇潇洒洒呢!"

余洋不紧不慢地啜了一口,故意吊他的胃口:"怎么,林警官这是把我当犯人审?"

二十五岁的林警官想起来自己至今没着没落,可余洋竟然抢先一步找到真爱就有些气短,继续抓着这个话题不放:"别打岔,快说,到底谁家姑娘被你这个死心眼儿看上了。"

"叫程烨,是我新书的编辑。"

"兔子还不吃窝边草呢,你……"林毅没说完,头上又被砸了一个抱枕。

"会说话吗你?"

"嘿嘿,错了,错了,兔子不吃,我'羊'哥吃!"林毅把抱枕塞进余海怀里,贱兮兮地凑过来,"到底咋回事啊?打着工作的名义日久生情了?"

"一见钟情。"余洋毫不羞涩。

"哎哟,"林毅伸出胳膊,用手在上面比画了一下,"你看我这一胳膊的鸡皮疙瘩。"

余洋打了他一拳,却很是松快地笑出来。

"什么时候带我见见?"林毅满眼期待。

"有你什么事。"

"不是!"林毅急了,以为余洋真的不愿意让他见,从沙发上换到余洋旁边的小板凳上坐下,"我不得给你把把关嘛?万一是个个中高手,专挑你这种没谈过恋爱的纯情小青年下手……"

余洋踢了他一脚:"说人话。"

"万一她身边有不错的小姐妹,非要介绍给我呢?"说后半句话的时候,林毅故意提高了嗓门儿。

他的表情非常认真,从小他们兄弟都是一个步调,余洋脱单这件事对他来说打击可不小。

林毅虽然年纪不大,平时也根本不把长辈催婚的话放在心上,可他是谁啊,是见证余洋打哭了不良少年之后就死心塌地跟着他"混"的小弟啊!他太了解余洋外热内冷的性子,以为他真的会一辈子守着余海,并不把其他人看进眼里。

可现在这个人忽然直白地宣布自己恋爱了,眼角眉梢还带着些林毅从来没见过的欠揍的得意神色,他不急不行啊!

余洋忍住笑意:"是谁说要把自己的一生都奉献给人民群众,

不做谈恋爱这种浪费时间浪费钱的事？"

林毅向来习惯了被自己的话打脸，反驳起来毫不含糊："我说的，但是！谈恋爱也是一种深入群众、服务群众的事情啊！"

"那又是谁说的这辈子可能都忘不了初恋了？"

"你没听过吗……只要现任足够好，没有初恋忘不了，你快点！局里僧多肉少，我这什么时候才能熬出头啊？再说了，你女朋友不是编辑吗，公司肯定妹子多，介绍介绍！"

余洋还想跟他贫两句，看到他半真半假的态度，忽然觉得他能愿意向前走一步未尝不是好事："知道了，知道了，改天我给你打听打听！"

林毅听到"打听打听"这四个字，心里乐开了花，可"改天"二字似乎又不太友好。他瞥了一眼余洋，故意说给他听："你一个作家，用词还是严谨一点，'改天'不就是改着改着就看天意了吗？不靠谱！"

余洋回手给了他一拳，俩人拿起可乐默契十足地碰了一下。

后来，谁也没想到，余洋还真的从程烨那里给林毅牵来一条线，只不过对方不是编辑，而是个医生。

秋天的傍晚是最舒服的时刻，从盛夏的闷热转至微凉。

医院楼下水果摊，饱满滋润的秋梨成堆。江瑾的办公桌上就放着一盘切好块的，是隔壁科室已婚的男医生买的，放在那里，一动没动。

程烨看到余洋的短信之后，眼神就再没从江瑾身上移开过，看得她整个人都毛毛的。

"你老盯着我看干什么？眼睛不舒服啊！"江瑾气场十足，语速飞快。

"没有，没有，"程烨连忙解释，"我是觉得你今天穿的这条裙子特别好看！"

程烨太了解江瑾，她算是"阅男无数"，嘴上最常挂着的一句话就是"所有男人都一样"，要给她安排相亲，肯定不能明着来。

江瑾当然没信她的说辞，且不说自己裙子外面还穿着白大褂，程烨根本看不清，就算看清了，这条裙子她也是见自己穿过的。

"说不说？"

离江瑾下班还有十分钟，虽然是周日，但她下午有一个接诊，程烨来接她吃晚饭，一直在办公室等着。

程烨靠过去把头搁在江瑾肩膀上，半是撒娇地说："哎呀，着什么急嘛，我们人美心善的江医生！"

程烨比江瑾小了四岁，个子也低对方一头，两人一个御姐一个软妹，看上去完全不像闺密。关系能处得这么好，起初连江瑾自己都没想到。

"少来吧你，我怎么感觉你今天整个人都冒着粉红泡泡？"江瑾关了电脑，起身走到衣柜旁换下了白大褂。

"就我前阵子不是胃不舒服嘛……"说来话长，程烨生病时没有告诉江瑾，现在开口难免有点怕她责怪。

"胃怎么了？"

"小事，现在完全好了！哎呀，这不是重点，我那什么……

之前有跟你提过一次，我签了一个长得很帅的作者，你记得吧？"

"怎么不记得。"当时她还埋汰现在出版行业不景气，签作者也要看脸。

"那，我在医护站做志愿者遇到过一个会翻墙的男生，你也还记得吧？"

"记得啊，有什么关系吗？"

"嘿嘿，"程烨不好意思地低下头，"他俩是一个人，而且，他前几天在医院跟我告白来着……"

"什么？"信息量太大，江瑾停顿了一会儿。

"你之前不知道他俩是同一个人？"她知道程烨的反射弧长，但也没想到她竟这么迷糊。

"对啊，你说多巧，第一次见面我迟到了太匆忙，第二次没好意思仔细看……"

江瑾拿上包，跟程烨并排走出自己的办公室，等其他同事跟她打完招呼才又低声问："那怎么就告白了？还有！怎么是在医院告白？你的胃到底怎么回事！"

终究还是没有躲掉。

"你在上班我就没说，况且我就是老毛病，不用担心……"

江瑾恨不得在程烨的脑袋上敲一下："你有没有搞错？你就在楼下住院，你不跟我说？我是有多忙！"

"都说了这不是重点了嘛！重点是，我恋爱了！"

程烨的声音不小，走廊里都是回音，她反应过来立刻捂住嘴。

"服了你了，"江瑾拿她一点办法都没有，她们是闺密，可她更像她的妹妹,"现在捂嘴来不及了哈!看门的大爷都听到了,一会儿路过你跟他好好讲讲。"

"哎呀!"程烨害羞,挽住江瑾的臂弯,"你什么时候有时间,我带他见见你。"

电梯来了,江瑾没有立即回答,在脑海里盘算着自己下周的工作安排。

"江医生下班啦?"一个胖乎乎的医生跟她搭话。

"不然呢,这个点?"江瑾冷笑,电梯里的气氛立刻尴尬起来,程烨无奈地拽了拽她的包带,想让她温和一点。

出了电梯,胖医生几乎是小跑着离开的,江瑾一回头对上一双惆怅的眼睛。

"你说你,怎么这么不友好,怪不得医院里现在都没有医生敢追你了。"

江瑾看着刚才还为自己恋爱的事脸红的女生,现在露出一副恨嫁的表情,觉得好笑:"那位医生,有老婆的,还特别喜欢勾搭小护士。"

"啊?怎么这样!"程烨追随着胖医生的背影,"早知道刚我也瞪他一眼了。哎,不管他了,其他人呢?这么大个医院,就没有一个能入你法眼的是吧?"

"你这是前脚找到靠山,后脚就来挑衅我了?"江瑾佯装要打她,程烨赶紧跑开。

"不是不是,吃饭重要!"

看来安排相亲这种事,是不能提前通知江瑾了,程烨有些头疼，希望自己先斩后奏的办法不会惹怒她。

从游乐场进门后往右走是休息区，余洋和林毅到得早，坐在长椅上等着两个女生。

翁源的秋天早上有些凉意，林毅努力吸着小肚子，拉上夹克的拉链，喜形于色："余洋，你可太靠谱了！这就给我安排上了，嘿嘿嘿……"

"你怎么露出这么猥琐的表情？今天……关键还是看你自己表现。"余洋将头侧向一边，露出好看的下颌线和轻松明朗的笑颜。

"你放心！我今天绝对鞍前马后，不让人家嫌弃！就算惨遭嫌弃，也绝对不给你和程烨当电灯泡。"

"嗯，你最后这个决心表得我很满意。"余洋可不想被身边这家伙破坏了美好的约会。

"我就是有点担心……对方会不会嫌我年纪比她小……但你说，现在不都流行姐弟恋吗？"

余洋不知道现在是否流行姐弟恋，但还是对他的忧虑表示理解："没事，你就发挥自己的优势。"

"是吗？"林毅摸着后脑勺真诚发问，"你觉得我的优势是？"

余洋假意沉思："厚脸皮，穷大方，搬出初心来，死缠烂打。"

"余洋！"林毅给了他一拳。

余洋忍笑，确认了一下手机里余海的定位，见他老老实实在叶伯家待着，才拍了拍林毅的肩膀鼓励："祝你好运！"

小路上走来两个女生，长裙子的那个是程烨，她看到余洋后非常开心地踮脚挥了挥手臂，笑意掩都掩不住。

林毅飞快有了判断："穿风衣、高跟鞋那位是你要给我介绍的？天菜啊！"

余洋这才注意到，程烨的白色帆布鞋旁边，是一双尖头细高跟鞋，这……显然不是来游乐场玩的啊……

男生们起身相迎，程烨有点害羞，得到了余洋一个确定的眼神，才开口介绍："嗨，我是程烨，你就是林毅警官吧，我听余洋提起过你，这是我闺密江瑾。"

"哎呀，嫂子叫什么警官呀！"林毅乐呵呵地说，"太生分了！叫小林就行！"

程烨被他的一声"嫂子"喊得更害羞了，眼神都不敢再往余洋身上看，还是余洋主动牵起了她的手，虽然这手拉了三次才牵到："林毅说得对，别生分，随便使唤他，就跟使唤我一样。"

"我什么时候使唤过你！"程烨小声抗议。

"江医生，听说您是精神科方面的专家呀，以后有机会多探讨探讨。"林毅怕冷落了江瑾，笑嘻嘻地搭话。

江瑾今天本来就抱着见余洋一面就撤的目的，她可不想打扰小情侣约会，到了现场，看到多了一个人，哪还能不明白程烨的小红娘心理。

"探讨什么？"她笑问林毅，"你精神方面有问题？"

"哈哈哈……"余洋一个没忍住，"怪不得是专家呢，一眼就能看出来！"

三个人都笑起来，只有林毅不停地朝余洋挤眉弄眼。

铁树开花……余洋看着脸皮一贯很厚的林毅居然有些害羞，知道他应该是对江瑾第一印象很好了。

他心情好，声音也很温柔："想玩什么？"他问程烨。

四个人之中，真正想来游乐园玩的只有程烨一个，所以话一问出口，大家都看着她，一副完全听她意见的模样。

程烨有些受宠若惊，原来四人约会这么幸福的吗？

她逡巡了一圈离得近的设施，在众多熊孩子的欢声笑语中，选了一个相对冷清的："玩……鬼屋吧？等中午大家都去吃饭，排队的人少点的时候我们再去玩过山车？"

"成。"江瑾没能按原计划立刻抽身，她不想拂了程烨和余洋的面子，爽快地答应。

大家各怀心事往鬼屋的方向走，余洋刚才牵住程烨的手后就再没放开，她的手软软小小的，被他握在掌心，整个人乖顺又听话地跟着他的步调。

十指交扣，她的温度绵绵不绝地传到他的手上，熨帖又撩人。这种感觉前所未有，余洋笑起来，嘴边的"小括弧"自从出现就一直没有消下去。

他俩的眼神里都带着电，看得林毅和江瑾不自觉就放慢了速度，落在二人之后。

"我……我叫林毅，森林的林，毅力的毅，今年二十五岁，但我比较早熟，现在在翁源市刑警大队，我……"

"打住,"江瑾再不打断他,怕他要开始报自己的警号了,"咱们不着急报家门哈。"她看着这个毛头小子,有点哭笑不得。

林毅见她笑了,心里放松了一些。

他们是鬼屋的第一组客人,工作人员都刚刚上岗,状态饱满,其中一个看到江瑾的高跟鞋,忍不住提醒:"我们里面有一段路是要过桥的,您这细跟怕是很不好走。"

江瑾琢磨着自己要不要扫兴说不玩了,就见余洋踢了一脚愣住的林毅,后者立马反应过来:"我扶着你吧?绝对不会让你摔,摔了我也给你垫着,我……"

"成。"她用一个字制止他的絮叨。

程烨捂嘴偷笑起来,她还没见过有哪个男人能让江瑾这么给面子的。

"怕吗?"余洋问程烨。

程烨摇头,其实是很害怕的,她胆子小,但是想玩很久了,而且……不知道余洋的手什么时候放开了,改为揽住她的肩膀。

只要你在我身边,我就觉得很安心,害怕也没事,因为我知道,一回头就能钻进一个宽厚温暖的怀抱里。

她靠在余洋身上,脑海里闪过第一次见面时他把自己从墙头背下来的情景,又想起他在医院时的告白,难以自抑的心跳又快了一拍。

原来恋爱之后也会有这种感觉,紧张、兴奋,带着无数次的回味和幻想,它不只属于暗恋。

"想什么呢?"余洋的声音从头顶传来,他正带着她走进第一个关卡。

"没事。"黑暗中,没人看得到她脸红。

到底是游乐场的项目,名字起得再怎么惊悚也没那么不可接受,除了音效和光线有点吓人,程烨觉得工作人员的扮相甚至有些可笑。

"你踩到我了。"江瑾的声音异常冷静,完全没有融入背景音乐。

"哎呀,对不起啊,刚那个'鬼'突然冒出来,吓我一跳。"反而是林毅的声音有些发虚。

工作人员也是惯会专挑软柿子捏的,那些不怕鬼和腻歪的小情侣不招待见,他们就喜欢挑林毅这种把害怕都写在脸上的客人。

四个人氛围很轻松,余洋借着一点微光,发现旁边那个矮自己一头的女孩正缩着脖子机敏地向四周察看情况呢。

见她这副可爱的模样,余洋眼神往回收了一收。

好想吻她……

"刚才讲解是说第三关基本上是体力,没有'鬼'的对吧?"程烨抓着余洋的手握紧了一些。

余洋一把搂住程烨的头,揽在自己怀里,他能感受到程烨的小脑袋往自己的方向转了一下,两只大眼睛在黑暗里忽闪忽闪的,余洋心怦怦直跳。

现在吻她,是最佳时机了。

他闭上眼,手轻轻地扶住程烨的脖子。

"啊啊啊……鬼啊!"

林毅这一嗓子，吓得余洋一哆嗦，手还紧紧搂着程烨，但两个人的脸已经分开好远了。

　　"真的，刚刚有人摸我！"林毅被吓出一身汗。

　　连续几次了，所有的"鬼"都只吓唬林毅一个人，搞得他本来不那么紧张的情绪都紧绷了起来，已经由展开双臂挡在江瑾身前，变成曲着身子跟在江瑾背后，完全没有了方才在门外要保护江瑾的气魄。

　　余洋恨不得一脚把林毅揣进旁边的暗道。

　　"害怕就跟紧姐，小弟弟。"江瑾淡定地走在前面。

　　林毅撇了撇嘴，脸上有些尴尬。他直起腰板，清了清嗓子道："谁怕了？我这是怕身后受袭，警员素质你懂吧。"

　　暗道里回音还在，林毅的双手在大家的一阵窃笑中，自觉地搭在了江瑾肩上，圆圆的脑袋来回查探。

　　走到第三关，是一条极其狭窄、只容一人通过的桥，余洋走在最前面："我们排队走吧，后面的人把手搭在前面人的肩上。"

　　大家照他指示前行，林毅殿后，扶着江瑾的肩膀。

　　路有点长，并不好走，脚下有水流声，所幸中途并没有受到惊吓。可是刚走上岸，程烨就发现了不对劲。

　　她的眼睛虽然已经适应了黑暗，却还是难以辨人："余洋？"

　　"我在，"他停下，"怎么了？"

　　"我感觉……身后好像没人了……"她咽了下口水。

　　她在第二个位置，本来应该是江瑾搭着她的肩膀，不知道什么时候江瑾和林毅都不见了。

余洋听了她的话立马回身查看:"别怕。"听出她声音里的惊慌,余洋轻轻搂住她,"我在呢。"

"江瑾他们呢?"程烨低声分析,"难道半路上就跟我们分开了?她走了没多久就放开了我的肩膀,我以为是因为她扶着我不好走呢!"

"没事,林毅肯定跟她在一起,不用担心。刚刚那段桥确实有分岔路,应该是通向了不同的关卡,我们一会儿去出口处等他们就行。"

"好吧。"程烨小声地应着,手紧紧攥着余洋的衣角。

剩下的两关惊悚升级了一些,程烨干脆放弃了,全程闭着眼在余洋怀里玩完了,两个人从黑暗里钻出来,和工作人员一起在监视器前看找不到出口的江瑾和林毅。

女生非常冷静地在找出口,男生则时不时被角落里"飘"出来的不明物体吓到尖叫。

"他俩走了另一条路,触发了高难度的副本,"工作人员解释,"少说得二十分钟。"

于是,余洋和程烨干脆坐到冰激凌机旁边等。

余洋买了巧克力口味的甜筒,程烨选了草莓味的,两个人回味刚才的鬼屋设置,很快,清甜的冰激凌就被吃光。

余洋给程烨擦了擦嘴,顺手把纸团成一团,准确无误地投进不远处的垃圾桶,得意地冲程烨抛了个媚眼。

"显摆。"程烨低头害羞地笑笑。

余洋得意地四处张望,看到其他排队的情侣选择了不同的口味,互相尝着对方的冰激凌,突然想起来什么,他清了一下嗓子:"喀喀,你刚吃的冰激凌好吃吗?我也好想尝一下啊。"

程烨不知道他指的是什么,但还是接话:"那你刚才不说,我都吃完了!"

余洋顺手拍了拍她的丸子头:"那你想不想跟我交换味道?巧克力的可是很好吃。"

"什么……意思啊?"程烨把脸埋在自己手中,浑身麻酥酥的。

"你不知道我是什么意思?那你害羞什么?"他故意靠近,呼出的气喷在她的侧脸,惹得程烨耳尖都红了。

她青涩和紧张的小动作落进余洋的眼里,余洋微微拉开两人之间的距离,想让她放松一些。他分开双腿,手臂自然地搭在程烨身后的椅背上,姿势也很是舒展。

此刻全身心沉浸在暧昧气氛里的程烨不知道,余洋已经很久都没有感觉到这样轻松了。

没有生活的压力,不需要担心哥哥,稿子的进展也很不错,就连从前总对未来感到迷茫的那股烦恼都少了很多,他把这一切归因于身边坐着的女孩。

她的出现,就像是为他量身定做,恰好补足了自己心里缺失的那一块。

"小烨,跟你在一起好舒服。"余洋把玩起她的一小撮头发,这个动作让程烨整个人都松懈下来。

"我也是,"程烨小声道,"跟你在一起,不用刻意伪装,不用小意讨好，不用看眼色行事，遇到你真好。"

程烨的最后几个字让两人之间的暧昧气氛又升了几度。

趁她不再害羞逃避，余洋搭在椅背上的手圈回，程烨一下就被揽入怀中。他闭上眼，扣住她的后颈准备吻下去。

那个吻，应是他抵着她温软的双唇细细研磨，缠绵悱恻，舌尖相触的。程烨一定会很紧张，她应该都不敢睁眼看，只能屏住呼吸，靠耳朵里余洋的喘息声辨别两人的方向和距离。那个吻，应是一点点靠近的，少一秒觉得可惜，多一秒都等不及。两人交换侧头，草莓和巧克力的甜味在唇齿间流连，分不清是她的还是他的。

可……

"嚯！真是闪瞎我了！"林毅夸张的声音传来，程烨赶紧推开余洋，头偏到一边。

余洋舔着后槽牙，威胁般瞪他一眼。

"是你要把我喊聋了好吗？"江瑾面带嫌弃地说。

"哇，怪我？那些工作人员跟打了鸡血一样，看到我就扑上来！真想给他们来一个过肩摔。"

"是啊，你就差喊自己是警察了。"江瑾好几次看到林毅下意识的动作是去腰间找配枪，差点笑岔气。

"没有真的动手吧？"余洋问。

他的临场反应是很厉害的，一不小心给工作人员来个过肩摔什么的也不是不可能。

"那没有，我控制着呢。"林毅答。

"你怎么不控制下音量?"江瑾还在打趣他,两个人的关系看起来近了很多。

余洋帮他找回点面子:"林毅是他们队里的散打冠军,刚刚要是真的被吓到了,工作人员少不了得受点苦。"

"哎呀……"林毅还谦虚上了,"哪里,哪里,"看余洋这么帮自己,又补了一句,"主要还是我洋哥教得好。"

"你也会散打?"程烨有些不可思议地看向余洋,虽然第一次见面就看到他身上有肌肉了,但是对他的印象还是更文艺些的。

林毅来劲了:"可不是!小时候没少打架!后来把我们小区和学校那片的不良少年都治得服服帖帖的!嫂子你是不知道,他以前打起架来像不要命一样,简直……"

"少说两句吧!"余洋踢了他一脚,给他使眼色,"这个冰激凌不错!"

"啊!"林毅会意,转身去问江瑾,"你喜欢什么口味的?我去买。"

江瑾恨铁不成钢地看了一眼完全沉浸在爱情里不管朋友的程烨,一撇嘴:"我跟你一起去。"

两人走开了,程烨还在问:"你真的会打架啊?"

余洋无奈,他总不能说自己管那叫"自保"。

"小时候不懂事……但现在我可是遵纪守法的好公民。"

"我以前看港片,就是《古惑仔》那些,觉得郑伊健好帅啊!有一阵子就很迷恋会打架的男生。"程烨满脸崇拜的样子。

"你是在暗示我,如果学生时代就认识我,也会喜欢上我?"

"余洋，我以前怎么没发现你这么自恋啊？"程烨笑嘻嘻地戳戳他。

我从来不自恋，余洋在心里回，遇到你之前，我甚至是自卑的。

只是你出现后，仿佛夏夜会有清风，冬日会有暖阳，我的人生自此也有了坚固的支点。

"嘿嘿，话说回来啊，如果学生时代遇到你，我应该也会喜欢你的。"

"为什么呀？"程烨来了兴趣，"也许那时我们喜欢的东西都不一样呢？也许那时候我们没有这么聊得来呢？你为什么会觉得还会喜欢我？"

她的眼睛亮亮的，余洋低头思忖片刻："你听过一个心理学概念吗，叫'单纯暴露效应'。就是说啊，人们会喜欢经常暴露在眼前的事物，比如经常照镜子，就会觉得镜子里的自己更好看。"他的脸凑近了些，"对我来说也是一个道理，只要你一出现，我就只能看到你，那你说，岂不是不管什么时间、什么情境、遇见你多少次，我都会义无反顾地爱上你？"

程烨为了掩饰住自己变乱的心跳，想要揶揄他两句，却对上男生诚恳的目光，霎时间一句话都说不出来了。

原来恋爱中的人即使说出冒着傻气的情话，听的那个人还是会觉得无比开心。

从最后一个游乐项目出来，已经是5点过一刻钟了。他们都有些饿，决定去吃程烨最喜欢的炸鱼薯条。林毅献殷勤一样点了双份，结果江瑾为了身材，晚餐只吃沙拉，他只好一个人全吃掉，肚子被撑得浑圆。

晚餐结束，今天的最后一个项目是游园灯光秀。

夜晚的游乐场很是漂亮，树上、建筑上、游乐设施上都闪耀着绚烂的灯光。

游乐园里有一条非常有名的、人满为患的小道，两旁的商摊贩卖各式各样的头套，有米奇，有辛巴，有跳跳虎，路人们戴着不同的卡通头套，跟着游乐园的音乐尽情享受着自由的夜晚。

余洋买了一只狮子的头套，程烨选了戴着皇冠的公主假发，两个人帮对方戴好，一转身就分不出林毅和江瑾的身影了。

一只温暖的手环过自己的腰，程烨能感受到余洋的温度。

知道好友有意给他们俩留独处的空间，于是也没有急着找对方，在灯火流离的街道上游走，身边戴着头套的人各异，这种感觉真奇妙。

两个人手拉手走着，在小道的转角路过一个站牌，灯箱突然亮起，巨大的 LED 广告屏上，写着：*每周一 19:00 经典剧目《美女与野兽》震撼上演*。

屏幕上，贝儿被野兽深情拥着，双眼尽是彼此，暗流涌动。

屏幕前，余洋和程烨双手紧握，像是从广告屏里投进现实的倒影，与之相呼应，应时应景地吸引着路人目光。

程烨小声抱怨："如果不是时间差了一天，就可以看到这幕表演了，之前上映的时候我哭得稀里哗啦的，他们俩的爱情真的超感动！"

如果说，之前或许还有害羞、犹疑、不确定以及不够充足的勇气，那么这一刻，女孩的侧脸被五彩斑斓的背景光萦绕，那双写满羡慕的眼格外闪亮。

余洋忽然有种莫名的"牺牲感"，很想把一切都给眼前的这个人。

给你真心、面对未知的勇气，给你甜蜜、所有的耐心。如果需要，我还愿将人生的光明双手呈上，甚至愿意给你，我那在你面前不值一提的生命。

"尊敬的各位游客，感谢您光临翁源游乐园，我们将于三十分钟后闭园，请您……"

余洋眼前一亮，他觉得，就是此时，就是这个地方，就是她了。

余洋一把拉过程烨，飞快地蹿到大屏幕的后面。

荧幕那里空间不大，两个人离得很近，能感受到对方怦怦的心跳，能感受到有些微微发热的温度，能感受到一种蓬勃的欲望，关于爱，关于两个年轻人的叛逆、执着，关于奋不顾身的初恋。

"小烨，"余洋拉起程烨的手，"遇见你之前，我经历了父母去世、哥哥患病，我的人生充满了变数，但我从没怕过。我努力打工、赚钱、写作，希望自己的生活有更多可能性……可遇见你之后，我只希望生活有一种可能，那就是和你在一起。"

余洋说这句话的语气低沉而诚恳，他缓缓摘下自己和程烨的头套，定睛看着眼前的女孩，眼里流光溢彩，柔情涌动。

游乐园里响起了欢快的背景音乐，不远处能听到游人的欢声笑语，余洋和程烨安安静静地挤在这一小方天地，交换了一个绵长的吻。

谁也没想到四个人就这样在游乐场度过了一整天。

晚上,余洋送程烨回家,两人站在路灯下依依不舍地分别。

"下次我们带上大海哥哥一起去玩'小火车'吧,他一定会喜欢的!"

他亲昵地蹭了一下她的鼻子,程烨总能默契地想到自己在想的事情,这感觉真奇妙。

从前他总觉得人是能忍得住情的,如今深陷,才知道一颗心被另一个人无死角地侵占,就再也不想放手。

程烨搂住他的脖子,正要踮脚去吻,路边一辆车的光扫过来,她有点害羞地退了一步。

黑色的车没有开走,它停在二人身边,副驾驶下来一个人,唤了一声"程小姐",然后帮后座的人打开了车门。

程烨还没来得及放开余洋,就被一个高大的影子罩住。

他穿了一身西装,精致的皮鞋、手表完全是精英做派,眼神冷峻地扫了一眼余洋,对程烨道:"回家。"

只两个字,命令感溢于言表。

程烨放开了手,有点护着自己男友的意思,挡在两个人中间,语气并不友好地向余洋介绍:"这是我哥,程诚。"

嫌 疑 人

Love

Of

Confession 告 白

的

第 五 章
旋涡

你是我生命中不可多得的玫瑰，
单你一枝，便胜过所有。

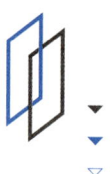

十分钟前的叶之舟,绝对想不到这扇门的背后,等待自己的是迷药,是可怕的痴恋,是满墙的照片……

陈新凯绕着贴满照片的墙缘踱步,偶尔回过眼神,在叶之舟身上来回流连:"我也是第一次下药,不知道量掌握得对不对,感觉怎么样?"

陈新凯目露迷离。

"变态!"叶之舟狠狠地向前挥了一拳,却发现药劲上来,打空了。

陈新凯不动如山,看着他像是在欣赏一件艺术品,甚至能够悠哉地喝干净杯子里的最后一滴酒:"叶之舟,你连骂人的声音都这么好听……"

叶之舟看着他，又是一股恶心。

他撑着身子爬起来，勉强向前走了几步，挥出拳，发现完全没有准头。

不过没关系，他自知现在不是陈新凯的对手，目的也不是为了揍他。

这一拳，叶之舟打向墙面，手指上还未愈合的伤口霎时间又渗出血迹，透过已有的纱布。疼痛让他恢复了一些清醒的意识和一点点力气。

"你受伤了！"陈新凯惊呼，脸上的担忧不似作假，作势要来扶他。

"滚开！"叶之舟想走，陈新凯却挡住出口。

"我怎么能让你就这样走掉！"

他的语气变得越来越诡异："你今天来，不就是想查清楚吗？我直接告诉你了啊！"陈新凯步步逼近，"我每天跟着你和你的女朋友，我观察你，也观察她！我并不觉得她有什么特别，不如你告诉我，她究竟有什么好的？"

注意力越来越难以集中，叶之舟不得不狠掐了一把手上的伤口。

"别！别伤害自己。"陈新凯见不得他以这样"自残"的方式强迫自己清醒，心疼地扑过来，也顾不得手里的香槟杯就这么碰在墙上，碎了一地。

"叶之舟，我不想看到你伤害自己……"陈新凯像是着了魔，刚刚碎玻璃划过手擦出的红痕越发明显，可他却完全没有在意，一步一步将叶之舟逼到走廊尽头。

他的手抚上叶之舟的肩膀,轻轻摩挲。

叶之舟趁刚才杯子破碎时捡了一片碎玻璃,此时终于等到机会,他用力划破陈新凯的手掌,逃脱了钳制。

额前的汗几乎浸湿眼睛,叶之舟的视线有些模糊,像是被蒙上了一层毛玻璃。他靠着仅剩不多的力气,跟跄着跑到厨房,拿起了料理台上的水果刀,却再也站不住,摔在了洗手台旁。

陈新凯步伐优雅,踩着音乐的点子挪步走近,看叶之舟的背影带着怜悯和爱意:"亲爱的,你今天逃不掉的。"

他的声音不大,在音乐声中显得更轻,叶之舟闭了闭眼,握紧刀柄,他清楚地感觉到自己的力量正快速流失,成败在此一举。

窗外起风了,又是山雨欲来的趋势。

屋内暖黄的灯光照在叶之舟身上,给他棱角分明的侧脸镀上了一层坚韧的光。

在陈新凯靠近的一瞬间,他转身,将手中的水果刀刺入了他的腹部。

● ⊙

程诚跟程烨一点也不像,他的肤色和轮廓都更深一些,薄唇,很瘦，却把黑色西装穿得干练有型。

余洋和他差不多高，却感受到了极大的威压。兄妹俩之间莫名流淌着的敌对气氛令他困惑，哪怕只有不算明亮的路灯光，余洋也准确无误地从程诚脸上读出了不快的情绪。

"程诚哥，你好，我是程烨的男朋友，余洋。"余洋还是硬着头皮伸出右手，却悬在半空没有得到回应。

程诚半点面子都不想给他，他瞥了一眼余洋的行头，向程烨重复："我说，回家。"

"余洋送我回去。"程烨梗着脖子，没有听他话的意思，也并不像是关系亲密的妹妹向哥哥耍小性子。

程诚没了耐心："男朋友？"他一只手指向余洋，"就他？不可能。"

仿佛是在评价一件随意看到的货品，程诚完全没有当面批判别人的尴尬感。

程烨刚要反驳，被余洋拉住了手，他把她拉到自己身后，两个人的位置调换，变成保护她的姿势。

"我不知道什么地方得罪你了，不过程烨是成年人了，她有资格选择跟什么人交往，我会真心实意对她好的。"

程诚嘴角轻扬，目光越过余洋，全程都当他不存在，依然只对着程烨道："你知道忤逆我是什么结果。"

他说完没逗留，又回到车上，车门一直开着在等程烨。

余洋还没见过这种阵仗，程诚的话更像是电视剧里的台词："忤逆？结果？他以为现在什么年代？他凭什么这样跟你说话？"

他握着程烨的手力气越来越大也不自知,一双眼睛几乎要把黑色的车盯穿。

"算了……我去跟他说吧。"

程烨低语,面上一片阴郁,可还是努力稳定着自己的情绪,安抚余洋:"他就是当太子当习惯了,随时随地都要发号施令。"

她的家庭余洋有一点耳闻,但并没料想到他们之间的关系竟是如此。

"他这种态度,你别说了……还是我说吧。"程烨要走,余洋满脸担心地拉住她。

"不用……"程烨拿下他的手,轻拍了一下,"我会尽量跟他好好沟通,不会起冲突的。这个时候你去说,反而更让他生气。"

他生什么气呢?余洋想问,可是看着程烨沮丧的脸,又问不出来。

这大概关乎她从小到大的家庭地位,不是此时此刻能解释得清楚的。

"好,"毕竟算是家事,他不好说太多,"那你回家了给我发信息。"

"嗯,快回去休息吧。"程烨一步三回头,走到车边没有办法了才挥手跟他说了再见。

余洋站在原地,目送黑色的车离开,看着一串数字相同的车牌号,不知道为什么,忽然有些心慌。程诚虽然看着衣冠楚楚,眼神里的狠戾却藏不住,带着一种完全不把任何人当回事的、凌驾于一切之上的感觉。

余洋沿着人行道慢慢地走，亮着的手机上显示出刚搜出来的关于程家的新闻，让这个原本应该甜腻温情的夜晚，忽然变得无比压抑。这家人外表看起来和睦美满，细想却疑点重重。

程诚是市十大杰出青年之一，他子承父业，青出于蓝，还经常登上财经类杂志。这些年，程建业退居二线，商业全部转交给了程诚，一家人同住在市中心的宅邸，从没闹出半点狗血的豪门恩怨。

而程烨呢，虽是程家数年前收养的养女，但一直以来都被矜贵地养着，程家的大小社会活动，她也都没少抛头露面，全然像是亲生的一样。

可显然，刚才那一幕证明程烨的日子并不好过，至少这十分钟不到的时间里，余洋就见识到了一个控制欲极强的兄长。那么私底下的养父、养母呢？又会给她什么样的脸色看？

他停下脚步深深吸了口气。

程烨，从前我不知道你藏着这么多心事，只当你是家境不错、没有烦恼的小女孩，但刚刚看到你那张写满无助的脸，我猜想，你应该有很多不为人知的苦楚吧。

我能为你做些什么呢？

路灯把余洋的影子拉得好长，他已经比小时候高壮了很多，却还是在想要保护的人面前生出一种无力感来。

"我不是反对你谈恋爱,但你至少也要找个像样的,记住,你姓程。"

程诚打破了车里凝滞的气氛,比起刚才,语气和缓了不少。只是这句话一说出来,程烨竟忍不住发笑了。

"没人在乎我姓什么,难道你在乎?"

程诚刚说服自己好好跟她说话,却被她讽刺的语气和笑声惹得又燃起怒火。

"我是为你好!"他侧过身面向她,车窗外明暗交替的光线在他的脸上游移,他的眼神和语气都冷硬无比,像蛰伏在黑暗里随时能吞噬一切的野兽。

程烨害怕他,从小就是。

比起几乎只会在公众场合见面的养父母来说,程诚才是她最需要看脸色的那个"家庭成员"。

她握紧手机,仿佛那是余洋的手,鼓起全部勇气道:"我喜欢余洋,我要和他在一起。"

副驾驶座的秘书小李闭了闭眼,替她捏了把汗。相处这么多年了,她明明很清楚程诚的逆鳞在哪儿,却偏要反着来,这不是给自己找罪受吗?

程诚今年三十,说大不大,可也肩负着公司重任,压力和能力早就不是同龄人能体会得了的,不懂得共情的他,认定对人好的方式就是以自己的意愿为标准。

他是程建业花费毕生心血雕刻出来的艺术品,高中就在读《罗斯福》和《华尔街45年》,二十三岁留美归来,时差还没来得及倒，就被带着全国各地出差开会。

程诚念哪个专业，交什么朋友，甚至恋爱的对象，都严格符合程建业的要求。他也争气，短短几年时间已经能够独当一面了，除了在自家公司稳固了自己的实力，还投资了不少新产业。

程诚似乎也没料到程烨会这样坚持，原本他压根儿没有把余洋当一回事，可他看到程烨眉宇间腻烦自己的神色，脑海中就再也挥之不去刚才刻意忽视的那张脸了。

车到家门口，程诚再没跟程烨说一句话，她像是松了口气一般，打开车门头也不回地钻了出去。

程诚没有下车回家的意思，他吞吐着烟圈，司机和小李都没有出声打扰。

等了很久，黑暗里才传出他低哑的嗓音："查了这个余洋吗？"

司机知道是在问小李，不是自己该听的内容了，很有眼力见儿地下车离开几步距离。

车里重新恢复安静，小李回忆着余洋的相关信息，简单复述了一遍："父母双亡，独自赡养患精神病的哥哥，无稳定职业。"

程诚好像听到什么了不得的笑话，从轻笑变为大笑："攀上首富养女，嗯……是个好买卖，是我也会抓住这种机会。"

小李很少见到他情绪这样外放，有点拿不准他的意思。

"要怎么做？"他问。

"你看着办吧，这小子不值得我费心，"程诚思考了一会儿，在自己的右膝上来回点着手指，"什么最重要，就让他失去什么，怎么直接怎么来。"

"明白。"

夜幕里,千家万户华灯初上,一方方小窗子里上演着或温情或狗血的人间故事。

余海去楼上老马家看电影了,余洋没有心情,以写稿之名独自留在家里。

家里黑黢黢的没有开灯,在整栋楼的灯光映衬下,显得无比落寞。他双唇抵着手背,思考片刻,在《夜莺与鸢尾花》最新的章节里,加入了一个叫陈新凯的角色,故事的走向也由甜宠爱情转向了悬疑。

忽然,手机里弹出一条信息,是程烨发来的。

她说,放心吧,她说能搞定,她说,一年一度的冬至烟火大会,一定要去许个长长久久在一起的愿望。

那次见面以后,有那么几天时间,程诚这个名字没在余洋的生活里再出现过。

他的反对似乎没对余洋和程烨的关系构成什么实质性的威胁,仅在水面引起浅浅的波澜后就归于平静,可余洋心里却无法释怀,总觉得已经惊扰了湖底的暗涌。

程诚继续忙着过人上人的生活,出席公益活动、代表青年演讲、运营公司业务,还有,参加向来不屑的同学会。

"程诚!这儿!"

高中同学聚会的地方选在了翁源最大的饭店,他不是最晚一个到达的,可进门时还是让所有人都站起来迎接了一下。

"你怎么能直呼我们程总的名讳?"

"那怎么了?程诚跟我是同年同月生的老同学,这兄弟情可是铁打的啊!"

"你好意思说自己跟人家同年,你看你的头发和肚子,再看看人家保养的。"

程诚笑笑没接话,社交本就不是此行的目的。

"苏尧。"他坐在穿着格子衬衣一直没说话的男人旁边,对方似是没想到这样的人物还记得自己的名字,小眼睛透过厚厚的镜片打量了一眼,点点头,有些局促地端起水杯缓解尴尬。

"程总,这么多年都没参加同学聚会了,怎么这次愿意赏光?"还有同学在起哄。

"之前不是不愿意参加,是我大部分时间不在翁源,这不是一有机会就赶紧来了。"

"你们看看程总,多重情谊,还特意嘱咐,今天谁也不许买单,程总请客!"

"来,敬程总!"

念书时候程诚屁股后面的那几个小跟班,都变得大肚便便,更油腻了,不过包括苏尧在内的人也习惯了,纷纷附和举杯。

服务员陆续上菜,程诚又找了个机会小声跟苏尧搭话。

"听说,你现在是作家?"

苏尧听到,更加坐立不安,他往上扶了扶眼镜,连连解释:"谬赞，什么作家，这么多年也只不过是随便写写，没有什么大出息。"

程诚耐着性子："我高中时作文成绩就不好，你还记得吗？"

苏尧看向他，表情疑惑，对于他忽然间的叙旧有点摸不着头脑。

"所以我特别欣赏会写文章的人，来，我敬你一杯。"程诚举起酒杯，直接一饮而尽，苏尧这才双手握着杯子，战战兢兢地喝了一口。

"我啊，可能需要你帮个忙。"程诚的语气十分真诚，带着滴水不漏的笑意。

随着气温骤降，天黑得也越来越早，程烨已经不知道看过多少次表了，就是不到下班的时间。

没有工作的心思，只惦记着稍晚点跟余洋的烟火之约，她无意识地在笔记本上涂涂写写，等到隔壁工位的女生笑出来才回过神。

"怎么了？"程烨问突然把椅子搬到自己旁边的同事。

"他们都说你跟余洋在一起了，看来是真的？"

程烨一垂眼，看到面前摊开的本子上全是他的名字，哪有否认的余地。

"怎么害羞了，这是好事啊！"同事支着下巴看她，"我觉得你好勇敢。"她说着，看了一眼金编辑工位的方向。

"勇敢？"

"是啊……"同事跟她咬耳朵，"做了我们所有人想做又不敢做的事。"

是指……跟金编辑对着干,签下了余洋吗?

同事接下来的话,马上否定了程烨的这个想法:"我们当时都在偷偷聊天,看谁敢先去问他要电话,结果没想到平时不声不响的你就这样把他拿下了。"

"啊?不是的,我当时只是为了签那本书……"

"不,你确实做了所有女生想做的事!加油!"同事给了她一个"懂你"的表情,揶揄地笑着。

程烨放弃了解释,在心里重复着她的那句"加油"。

谈恋爱也需要加油的吗?这又不是付出就会有回报的事,也没有能够计算的数值,恋爱,不是你情我愿、强求不来的过程吗?

可此时的程烨,的确应该加油。

程家养女的名头顶了十几年,她一直扮演着没有存在感的小透明,但似乎从余洋出现的那一天起,她身体里的某一个开关就被点亮了,那些从前压抑着的自我意识都被激活了。

成为一名优秀的编辑,与自己真心喜欢的人恋爱,攒钱搬离程家……程烨头一回这么想掌控自己的人生,要为自己选择的路负责,她必须要开始加油。

聚集来看烟火大会的人越来越多,余洋赶到的时候,一眼就看到她这副低着头在寺庙门口来回踱步、若有所思的样子。

余洋踏着夕光,笑意璀璨,迈开大步,飞速越过古寺旁边的石桥朝她跑去。

程烨见到他,立刻两眼弯成线,露出一个大大的笑容,等不及他走近就飞扑上去。

"我好想你!"

余洋接住她,不顾来来往往的人群,与她紧紧拥抱,末了又在她的额头上来了一个扎扎实实的吻。

"你怎么认出我的啊?"程烨从他怀里探出头,"这里人这么多,我又矮,怕你找不到我,还一直盯着手机看呢。"

余洋抱着她晃晃悠悠走下桥,逗她:"白毛衣、红裙子,远看跟可乐瓶似的,还能认不出来吗?"

"什么啊!你在讽刺我没有腰是不是!"

"不是,不是,你是瓶装不是罐装!"他温柔地揽住她的腰。

程烨傻乎乎地用手比画了一下瓶装可乐的形状:"哼,算你反应快!"程烨踮起脚尖张望,"我们去提前占个好位置吧,一会儿人会更多的。"

每年的这一天,古寺这里都会有很多人来看烟火大会,情侣居多,有点约会圣地的意思,两个人在人群中窜来窜去,寻找最满意的观景位。

他拉着她在一级位置绝佳的石阶上坐下,把自己的大衣垫在了她身下。

"你不冷吗?"程烨看着他身上稍显单薄的卫衣。

平心而论,入夜的温度跟白天还是有明显差异的。

"冷,"他张开怀抱做无辜状,"不然,你来做我的衣服吧。"

外人面前总是克己复礼的少年,朝自己这样撒娇,程烨心软得一塌糊涂。

夜色渐渐暗了下来,来看烟火的人也越来越多,余洋和程烨站在人群的第一排,这是他们早早到来才抢上的位置。

"嘭。"余洋在程烨耳边故意吓了她一声,被她温柔地掐了一下胳膊。

嬉闹之间,程烨无意瞥见了身后一对老爷爷、老奶奶,花白的头发在一群年轻人之间格外抢眼。

余洋顺着程烨的目光看去,立刻心领神会:"要不要和他们交换一下位置?"

程烨的眼睛亮了一些,他太过温柔。

"嫌自己矮的话,我可以把你背在肩上。"又被撒娇似的掐了一下。

老爷爷、老奶奶十分感激,说这是他们第五年来看烟火,却是唯一一年站到了最好的位置。

程烨一脸满足地钻进余洋怀中,"嘭"的一声,烟花在夜空中绽放。

"哇!"程烨的眼睛里印着花火,惊叹出声。

身边所有人的目光都被绚丽的色彩吸引了,余洋这才把视线从女孩的脸上移开。

程烨兴奋地拽了拽余洋的衣袖,不停地指着这儿指那儿的,一个不经意地侧头,两个人的目光堪堪对上,她如水的眸子中笑意满满,"好漂亮啊!"边说,边又把目光移回到了夜空中。

可余洋的目光却移不回去了,他定定地看着程烨天真无邪的侧脸,每当有烟花绽放,就有一道绚丽的色彩在她面上闪过。

他情难自已,凑近她耳边:"我……"

吞吞吐吐几个字,半天没说出来。程烨回过头,在周围嘈杂的背景音里大声问:"你什么?"

那表情天真烂漫,毫不设防,让人有想吻上去的冲动。

烟花依然盛放,周围也有不少情侣在其中相依偎,余洋和程烨像每一对再普通不过的情侣一样,享受着这一刻的厮守。

不想那声"我喜欢你"就这么悄无声息地湮灭在欢天喜地的烟火声当中,余洋决定先放过她的嘴唇。

"小烨,"他一把搂住程烨的肩膀凑近,唇贴上她的耳朵,"我喜欢你,真的很喜欢你。不管未来发生什么,我都不会放弃。"

"你怎么……突然告白……"程烨有些害羞,低头扭捏地轻问。

"上次太不正式了。"余洋拿出藏了一路的告白礼盒,红色的永生玫瑰在玻璃罩内肆意绽放,旁边还有一张手写的卡片。

程烨小心翼翼地取出,光线忽明忽暗,上面恣意飞扬的字赫然映入眼帘:

你是我生命中不可多得的玫瑰,单你一枝,便胜过所有。我会为你悉心浇灌,把你小心地放在玻璃罩子下,我会给你设置一道屏风,会为你除掉那些讨厌的毛毛虫。无论你抱怨还是自夸,甚至什么都不说的时候,我都会倾听。因为……你是我的玫瑰。

他改了《小王子》里的对白。

程烨泪眼盈盈，回过身搂住余洋的脖子，带着哭腔说："呜呜呜怎么那么感人啊……真的是，我眼妆都花了。"

余洋托着程烨的脸，用指腹轻轻划过她未干的泪痕，目光无限温柔。

程烨闭上眼，轻轻踮起脚尖，这是她第一次主动吻他，从耳边到唇角，混着玫瑰和香草的气息。

余洋顺势环住她的腰，慢慢向前俯着身，用力回吻，两个人的舌尖都有些发麻，可心里却被填得满满的。

城市上空，烟火的表演已经结束，绚烂芳华熄灭在夜幕里，让人意犹未尽，就连晚高峰的车流也显得没那么急躁了。

车子刚下高架，程诚揉了揉太阳穴，困倦的感觉袭来，真不是时候。

小李坐在副驾驶座上，从后视镜里见他哈欠连连，程诚轻轻抬手，小李立刻非常懂事地给他那一侧的窗户开了条缝。

有风吹进来，程诚清醒不少，问他："程烨在哪儿？"

小李看了一眼时间："刚回到家……今天还算准时。"

"那小子呢？"

"他送程小姐回去的。"

想起余洋，程诚厌恶得连脸上的表情都不再掩饰："你看出来了吗？苏尧，余洋，他们都是同一种人。"

"嗯，他和余洋穿了一样的衬衣。"

"你不严谨，应该说，他们穿了一样的'冒牌'衬衣。"

车流终于通畅，小李把空调风力调回正常，车内恢复了安静。

"人为什么这么虚荣呢？用文艺、善良、努力……这样的词来包装自己的贪婪和物欲，偏偏……就能把小姑娘骗得心甘情愿跟他走。"

小李一贯是很会解读他的情绪的，知道什么时候该说，什么时候不该接话。他放了一首披头士的歌，等程诚轻哼起来，才问："程总，送您回哪边？"

"回别墅。"

憋了一整天的雨很给面子，在烟火大会结束后才落下，窗外是浓密的夜色，桌上那瓶路易十三已经见底了。

有人讨厌这样的时刻，有人却很享受。

程诚松开领带，随意地把它甩在沙发上，取了一张披头士的黑胶唱片，脚像是踩在棉花上一样虚浮。

他喝醉了，在客厅里来回逡巡，无意识地找着什么东西。

他的身体比脑子清醒，带他走到了长廊的照片墙边，那里放着他最喜欢的一张照片。

程烨十八岁的生日会，父母都在，他从背后环着她，亲吻她的侧脸。那是程烨最听他话的时候。

她进程家时才十二岁，在孤儿院营养不良，瘦瘦小小的一只，头发还有点泛黄。不过别看她一副见谁都怕的样子，在程家一点点长大的这些年，她人前是乖乖女，人后却一点都不听话。

她经常偷穿养母的衣服，学着大人那样化妆，每次被保姆抓到都是程诚护着她才蒙混过去，少遭受了养母几顿骂。她这种暗地里的叛逆，那些装作无意间砸坏的烟灰缸、摔碎的香水瓶……所有的小动作全都被程诚看在眼里。

可越是这样，他对她越是宠溺，什么都帮她兜着，就连挨打受罚都是程诚冲在前面，好像他和妹妹之间，有着一种超过保护欲的契约——你是我的。

程烨一边心领哥哥的好意，一边告诉自己不属于这里，计划着独立以后那场盛大的逃离。

程诚高三那年，程建业要送他去美国读商科，有段时间他在家里准备托福，无意中发现程烨身边总跟着一个聋哑男孩，每天放学都在楼下费力比画，而程烨在他面前笑得无比灿烂。

那是程诚第一次跟程烨翻脸。他守护她这么多年，结果还不如一个外人值得信任，她跟他的话越来越少，反倒找别人掏心掏肺做起了朋友。

程诚不允许这样的事情发生，自作主张把妹妹关在家里几天几夜。

从那以后，程烨学什么专业，交什么朋友，甚至谈恋爱都要听他的意见。

想着这些，程诚醉意更浓，一个趔趄差点摔倒。他用手撑在墙上，指尖滑过照片上捧着蛋糕的人。有那么一刻，他问自己，作为哥哥来说，他是不是管得太多了？

可当那个穿着假名牌、什么都给不了她的男友出现，而她还在为他和自己争辩的时候，他脑海中全是她第一次"背叛"自己的场景。

他没办法坐视不理。

被全世界抛弃却被自己捧在手心里养大的妹妹,凭什么要便宜了不知道从哪儿冒出来的臭小子?

程诚眼前的程烨开始旋转,墙壁开始旋转,屋顶的灯也开始旋转,他勉强撑着自己的身子走回卧室,然后把自己扔到床上,不再去想这些糟心的事。

因为他知道,毁掉余洋这种人,实在易如反掌。

"小烨,怎么回事啊?刚刚会上说余洋的选题被毙了?不是都过终审了吗?"

同事拦住程烨,看到她眼睛还有一点红。

"你们来单位是聊天的还是工作的?"不等程烨回话,金编辑从会议室走出来,两句话就赶跑了好奇的围观群众。

程烨没心情跟他虚与委蛇,低头想走,又被拦住:"我说什么来着?那小子不上道,现在还抄袭,幸亏书没出,否则整个出版社都得跟着他背上骂名!"

"他没有抄袭!"程烨咬牙,"对方一点实质证据都拿不出来,根本是空口诬陷!网上那些所谓的'调色盘'都是强行概括和拼凑出来的,根本没有任何情节上的雷同!"

"抄没抄他自己心里清楚,反正现在是被封号,想查都查不到了,"金编辑一副看好戏的样子,嘴唇恨不得咧到耳后,"你要还想保他,恐怕得去求你哥帮忙咯!"

程烨绕开,不再做无意义的纠缠。

不过，他的话却让她联想到另一种可能。

余洋跟污蔑他的作家没有私交，更谈不上交恶，对方却不惜毁掉自己的信誉也要诬陷他，除非……

程烨心里一直有个猜测，如今逐渐明朗起来。

"程诚，我都照你说的做了，可是污蔑这种事，很快就能查清楚，到时候我名声就完了！你放过我吧？我没什么利用价值了！"

"嗯，"程诚在跟程建业下西洋棋，接到苏尧的电话让他心情大好，"别这么说，老同学，你可是帮了我的大忙！"

"程诚，你……你真恶心。"

"哈哈哈……"他落棋的瞬间就被程建业吃掉了，"尽管你这么说，但我还是很感谢你。对了，礼物你收到了吧？"

说着，程诚对着话筒用力地吸了两下鼻子。

"我已经决定戒掉那东西了，以后我们井水不犯河水！"

苏尧挂了电话，程诚棋局上的形势也已经被扭转得差不多了。

"跟你说了多少次，你这一招太狠，最后会反噬自己！"老程赢了棋还不忘教育儿子。

"我在商场上的杀招儿也狠啊，还不是您教的？"

"那不是一回事。"

程诚穿上西装外套要走，程建业见状不乐意了："又不住家里了？"

"嗯。"

"至少吃了饭再走啊!"

他看了一眼餐桌上摆好的饭菜,跟家里的阿姨说:"去,叫太太吃饭。"

程诚停下系扣子的手:"小烨在家吗?"

阿姨应声:"在,下班回来就一直待在房间,我叫她一起吃。"

"那,我喝碗汤吧。"

一顿饭吃得一点也不像一家人,程烨的头埋得很低,恨不得钻进碗里。

"你怎么了?"程诚问她。

她没有正眼看他,但碍于养父母在场,还是应付着回答:"没什么,工作不太顺利。"

程诚放下汤匙:"既然工作不顺利,那就不要做了,我之前跟你说的出国读书,你再考虑一下。"

程建业听闻,瞥了儿子一眼,又收回视线,没有参与的意思。

他患癌之后,公司已放权给程诚,家里的大小事也开始尽量支持他的决策。

"我说过了,不去!"程烨一时没控制住,声音大了些。

"哎呀,吓了我一跳!"养母不满地看向她,"喊什么喊?怎么教养了这么多年养出这么个没礼数的?现在是吃饭时间。"

没人问她工作有什么不顺利,也没人问她为什么不想去留学,这就是程家对待养女的方式。

打开门是其乐融融的四口之家,媒体形容程烨是最幸运的灰姑娘，关上门她是无人问津的边缘人，也因此她尽量降低着自己的存在感。

"小烨，该不会……是因为你那个抄袭的男友吧？"程诚知道把话搬到台面上来说，养父母绝不会同意他们交往。

"他没有抄袭！"程烨出离愤怒。

程诚故意岔开话题："据说这两天他的铁杆粉丝又自曝被导师性侵，闹着要自杀，这负面新闻甚嚣尘上，这孩子，真是够乱的。"程诚低头，继续喝汤。

"怎么回事？"程建业是绝容不得一点负面消息的，生怕影响到公司和他的名声。

程烨的拳头攥得紧紧的，埋着头，嘴唇止不住颤抖。

"您没看新闻啊？小烨的男朋友是个网文写手，前段时间因为抄袭被封号了，据说这两天他的疯狂女粉丝为了转移视线，把自己被导师性侵的事情曝光了出来，结果被网络暴力，闹自杀呢。"

程诚舔了舔后槽牙，冲着程烨意味深长地说："这女孩真傻。"

"哐！"程烨手里的餐具摔进盘中，发出刺耳的声音，她停了半响，才控制住情绪，压低声音说道："他，没有抄袭，很快会查清楚的。你，这么浅显地嘲笑一个受侵犯的女孩，实在是太可怜了！"程烨把用完的碗筷工整地放好，麻利地起身欲走，眼都没抬一下。

"你说得对，如果没有抄袭，很快就会查清楚的！"所以，程诚在心里对自己说，需要一些更加强有力的手段。

他放下汤碗，站起身："抄袭与否暂且不论，他家族有精神病史，这一点就足够把他排除在程家门外了！程烨，你们不可能的，准备一下出国吧！"

"我不会出国的！我已经长大了，有自己的决断，如果你还是像以前一样愚蠢地想要掌控我的人生，我劝你省省吧！"程烨已经顾不得在养父母面前给自己留余地了，她将椅子往身后一推，没有丝毫退让的意思。

程诚听闻，露出了一个讥讽的笑容："少跟我来独立女性那一套，"他像是听到了什么笑话，语气里的不屑令程烨更是愤怒，"你根本就不喜欢那个一无是处的穷小子，你就是叛逆期还没过，非要跟我对着干！"

他走近她，带着不容抗拒的威压，一把扣住她的下巴，手上用了劲，抓得她生疼。

"要是你真想试试跟我对着干的后果，我可就认真了。"程诚像是谈论天气一般云淡风轻，说完，他松开手，把视线从程烨愤恨的表情上移开，系好西装的扣子出门了。

"天底下怎么会有我哥这样的人啊！"程烨蹲在余洋家的地上，已经把家里所有的膨化食品都吃光了，气还没消。

"哥哥，好人，好人！"余海不明就里地拍着手掌。

"大海哥！你还为虎作伥，他欺负我，是大坏蛋！"程烨一屁股坐在地上，噘着嘴更委屈了。

"坏人！坏人！"余海凑近，那一副知错的样子逗笑了程烨。

"哎，你哥可能本心不坏，就是公子哥儿当惯了，不考虑别人感受。"余洋从厨房倒了杯热牛奶，刚洗干净的睡衣散发着一股洗衣粉的清新味道。

"你傻不傻啊，还帮他说话……都是他害得你被封号，"程烨不情愿地接过马克杯，"对了，你那个读者，你上次说去医院看她，怎么样了？"

余洋把哥哥挤回沙发上，自己一屁股坐在地上，把程烨搂在怀里："她啊，稳定了很多，只是应激反应的预后不佳。"

抄袭门风波还没过去，余洋的一位女读者就在网络上自曝曾被导师性侵，并被他威胁一旦曝光对方就会让自己无法毕业。这一劲爆新闻迅速点燃网络热点，盖住了余洋的"抄袭丑闻"，很多无脑键盘侠说，这是余洋的公关手段。

谁会拿一个女孩子的清白当作所谓的公关手段呢？

余洋懒得跟搞不清状况就跳出来充当意见领袖的喷子一般见识，他通过林毅的关系，借助 IP 地址找到了那个受害女生，在得到对方同意后，去医院看望了这位读者，并帮她联系上了援助律师。

"有你这样的偶像……真好。"程烨边说边垂下了头，手指一直在抠马克杯上的小羊图案。

"我哪算什么偶像啊，"余洋还是第一次听人说自己是"偶像"，他握住程烨的手，"我只是觉得，这个姑娘没错。"

程烨为余洋这句诚恳又正义的话愣怔了一下，随即卸下力气，靠在余洋的肩上，语气有些无奈："哎，可她虽然暂时打消了轻生的念头，不代表就会过得幸福。我更担心的是，这件事被公开，她该怎么面对以后的爱人啊？"

余洋神色坚定："这件事，这个女生是受害者，她未来的丈夫如果真的爱她，只会对她感到心疼，会加倍爱她。如果因此嫌弃她、伤害她，那这样的人也不值得托付终身。"

程烨把余洋这一席温暖的话听进心里，动了动唇，没再说什么。

小李站在程诚的办公室汇报程烨的行踪，说她当晚进了余洋家里，就再也没有出来过。

程诚从来都清楚她的动向，这么多年来，她尽职尽责地扮演着程家的乖乖养女，没闹出什么大麻烦，但是余洋出现之后，她却一而再，再而三地挑战他的忍耐度。

他想起小时候程烨低眉顺眼听话的样子，一脚踹向办公桌旁的落地灯。

小李吓得退了两步："程……程总，您看？"

"我说过不想浪费时间，"程诚站起身，穿上椅背上搭着的外套，"去找他。"

余洋还在为程烨短暂的借宿欣喜，拉着哥哥散步回家的路上，拐去超市买了一大兜零食和一个舒适的记忆枕。

"哥，你说这个程诚，为什么对自己的妹妹有这么强的占有欲？程烨跟我说就连他家大门的密码都用的是她的生日，我真是惊到了。"余洋想到程诚，脸上的担忧立刻浮现。

"算了，不想了，当下最要紧的事，是赶快把书出了，到时候我们一起出去租个大房子，把程烨接过来！"余洋说着，脸上的阴郁又转晴，"我好好赚钱，给你们好的生活！"

余洋说这句话的时候，脸上写满了期待。

昨晚，他们三个人在叶伯家帮忙包了饺子，回来后一起打了游戏又看了宫崎骏的电影，别提多幸福了。不过想到程烨一整晚都睡在沙发上，虽然嘴上说睡得很好，余洋还是有些于心不忍。

"哥，今天把床让给程烨怎么样？"他和余海打着商量，"一会儿她下班回来了，你就主动把自己的枕头抱出来，昨晚我说破天，她都死活不答应。"

他为这句"下班回来"有些心动，没留意到小巷子前方的路已经被人堵上了。

在余洋还没有反应过来的时候，就被人按住了身子，零食散落一地，他和余海一起被迫跪了下去。

膝盖磕到地面的瞬间，他看到了程诚的脸，却似乎一点也没觉得惊讶，仿佛早就知道他会有所行动。

十几年前被欺压的记忆袭来，他浑身的力量都冲向了脑部，额角青筋暴起。明明已经比从前高大，明明已经有了些力量，却还是被众打手压制得没有还手之力。

"你不是特别厉害吗？"程诚弯腰靠近余洋，"真令人感动啊，明知道是我封了你的号，还能一直忍着不跟程烨说？怎么，扮演自己小说里卧薪尝胆的男主角？"他想用手拍拍余洋的脸，又下意识地觉得脏，收回来站直看他。

他们人多，前后两边的路都被堵着，逃无可逃。

"呵，知道我小说里走投无路的男主角，会给反派什么回击吗？"余洋的眼神倔强，有股根本不把他放在眼里的轻蔑，又好像是在可怜他，"结局很惨。"

程诚勃然大怒，他朝他的肩膀狠狠踹了一脚，余洋倒地，又被几个打手按住。

小李见状，上前一把揪住余洋的头发，让他不得不仰起脸："你这种人，根本不配跟程总斗。别用你那些小伎俩糊弄程小姐了，她只要有一天姓程，你就绝没有可能和她在一起！"

"识相点，今天只是给你个小小的教训，下次可就没这么幸运了。"说着，他给了身边人一个眼神。

这几个打手都是专业的，话不多，下手快狠准，还不在脸上留痕迹。

余洋抱着余海的头，死死地护住。

小李在一旁看着，实在没忍住："我真是看笑了，你应该护着自己的头啊，你们俩总得有一个人脑子是好的吧！"

听到这句话，打手们又生生在余洋身上落下几脚，发出和小李同频率的笑声来。

几张暴虐的嘴脸散开的时候，余洋已经没力气再喊余海了。

程诚走到他面前，用脚踩住他的脸："留住你这副皮囊，不是让你继续去程烨面前扮演隐忍的英雄，再不分手我会做得更狠。"他昂贵锃亮的皮鞋上，倒映着几抹寒凉的月光。

余海看着余洋被一只大脚踏在脸上,拼了命地挣扎,奈何几个打手把他按得死死的。他死命地盯着那个扭动的脚踝,盯着他脚踝上那一处深色的印记,出离愤怒,用尽生平最大的力气大骂:"坏人!坏人……"

　　程诚的脚踩得更用力了些,使劲在余洋脸上碾了两下,恶狠狠地说:"不是吓唬你,也不是小说里有钱人家看不上贫穷女婿的戏码,这是蝼蚁非要跻身在人类旁边,最后被踩死了的故事。"

　　听懂了吗?

嫌 疑 人
Love
Of
Confession 告 白

的

第 六 章
不可及

我从未有过任何可做庇护的门户，
本天真地期待你能给我，
但现在，我却不想要了。

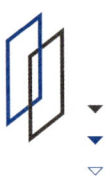

空气中充斥着血液的腥味,叶之舟呆坐在血泊里,浑身颤抖,眼神空洞。

不远处,陈新凯躺在地上,腹部、腿部有不同程度的伤口,胸前已经没了起伏,双眼圆瞪,唇角还挂着笑意。

纵使是见惯了大场面的主刀医师,叶之桥也难以压抑反胃的感觉。

一小时之前,叶之桥接到弟弟的电话,声音透着前所未有的恐慌,来不及问明原委,他放下所有的工作往回赶。

到了现场,房间里还在一遍一遍单曲循环着P.S. I Love You,而叶之舟只会来回重复一句话:"哥,我杀人了……"

叶之桥跪下抱住叶之舟的头,血迹沾到自己身上也毫不在意:"我说了等我回来处理……你为什么就这么冲动!"

"是他逼我的!哥,是他逼我的……"

叶之舟将头深深埋进哥哥的怀里,像是抓住了救命的稻草,终于能说出完整的句子:"他带我去看他的摄影作品,里面全都是我的照片,全是我的照片……跟踪安安的是他,送花到公司的也是他,他想破坏我们的感情!"他说着,腿脚蜷缩在一起,在哥哥怀里不停抽搐。

叶之桥紧紧地抱着弟弟,用最温柔的声音安慰:"没事了,哥在,没事了。"

他尚不清楚事情为什么会到这般境地,却已经暗自下定决心不能报警置弟弟于不利境地。

叶之桥轻声安抚着弟弟,同时飞快地在脑中判断现在的情况。

等叶之舟稍微冷静下来一些,叶之桥放开环抱他的双手,把他安置在沙发上,起身走向他方才用手指着的那个房间。

他想:如果陈新凯已变态如斯,警察就不难顺着照片怀疑到弟弟身上,得把照片都处理掉才行。

可进门之后,叶之桥环顾四周,却大吃一惊。

墙上确实贴满了人像照片,却没有一张是叶之舟的……

怎么会这样?

叶之桥刚刚平复了一些的心跳又急速加快,弟弟最近因为公司经营不利出现过几次很大的情绪波动,联想到上次抢相机事件,以及叶之舟最近与陈安安爆发的争吵,他好像想通了什么。

他从房间内走出来，比做了一整天的手术还要疲顿，拖着沉重的双腿缓缓走回叶之舟身边，清了清嗓子找回自己的声音："现在，把事情的经过，一字不落地给我复述一遍。"

叶之舟看着他，不知道从何说起，慌乱地摇头。

叶之桥用手托住弟弟的脸，音量提高了一些："听着，我会保你平安无事的，但前提是你要清楚地告诉我所有的细节！"

叶之舟听到"平安无事"四个字，眼神空洞地频频点头，依然没能忍住紧张带来的抽搐。

"看着我，"叶之桥努力控制住弟弟崩坏的情绪，手托得更紧了些，"我需要事情的经过。"

叶之舟稳了稳心神，缓缓开口道："……他扑了过来，我在他的腹部捅了一刀，他就摔倒在地下，可他却一点都不害怕我，明明在流血，可他还一边笑一边说着他有多爱我，哥，他已经变态了你知道吗？他一直在说以后我们两个人会有多开心，他还说我跑不掉了，他会把我囚禁起来……"

叶之舟的讲述断断续续，叶之桥不得不反复发问，以确认两人之间的拉扯和动作。

等他厘清了全部的过程，才调整了自己的语气："你记住，你今天什么都没有听到，也没有看到那些照片。我会帮你全部处理掉，就像不存在一样。"

● ◎◎

很多人都习惯在事后反省自己当时做得不足的地方，以此来幻想另一种选择带来的更优结果。

如果当初没走那条路，如果当时没有那个眼神，如果当下没有为某个信念坚持，情况会有所不同吗？

余洋的答案是，不会。

他心里很清楚，即便以上的如果都实现，他也依然不能避免挨打的事实。因为不管重来多少遍，他都笃定自己会喜欢上那个叫程烨的女孩。

路灯亮了，引擎声轰鸣远去，巷子恢复了平静，行人看向一趴一跪在巷子内的两道模糊身影，并不清楚刚才在这里发生了什么。

是一个再平常不过的星期四，有风乍起，即将变天，商业街鳞次栉比的橱窗精致明亮，跟黑暗中的暴行仅仅隔着一条街。

也隔着另一种人生。

余洋用手撑住地面勉强爬起来，腰腹已经失去知觉，腿脚也传来一阵阵钻心之痛，周身力气才恢复了一点，他踉跄着扑向余海。

"哥，哥？你怎么样？"

余海不答，他只能一点点查看。

碰到他右胳膊时，余海的喉咙里发出压抑的呜咽声。

"是骨头痛吗?别怕啊,我现在就带你去医院!"余洋急促地喘气,又不放心地观察起哥哥的头部,"这里呢?疼不疼?除了胳膊还有其他地方受伤了吗?"

余海没有停止呻吟,抱着自己的右胳膊不停掉眼泪,余洋忍痛将他从地上扶起来,抱住他的头:"没事了,现在没事了,别怕。"

熟悉的手机铃声传来,满布裂痕的手机屏幕上,是程烨天真无邪的笑靥。余洋弯腰把它捡起来,一不小心抻到刚刚被重拳击打的肩胛骨,他不得不放缓动作,忍住剧痛,靠在墙边深呼吸两下,才神色如常地接了电话。

"余洋,我……今晚不去你那边了,程诚让人来接我下班了……"她有些低落,对电话另一边的情况浑然未觉,"我想着别跟他硬碰硬,就先回来了。"

"好的,那你就乖乖待在家,我这边有点事,晚点找你好吗?"为了不让程烨听出来,余洋尽全力让自己的每一句话都跟平时一样轻柔,可他明明就连呼吸都觉得生疼,脖子上青筋暴起,脸憋得通红。

程烨没有察觉,无奈地挂了电话,就这样结束了自己短暂而叛逆的"离家出走"之旅。

余洋瘫坐在地上,额角都是汗,总算"蒙混"过去了……

他估摸着程诚应该没有多为难程烨,不由得松了口气,这样也好,看看自己和余海这副模样,免得绞尽脑汁编理由骗她了。

这几天对余洋来说是真的煎熬,自打住进这充满消毒水味的医院,余海就没怎么开口说过话。他的右胳膊因骨折打了石膏,这会儿正很不自在地抠抠弄弄呢。

"哥,别动,你乖乖不动才会好得快。"

余海闻言安静了一会儿,眼睛望着病房的天花板,不知道在想什么。

"哎,真对不起……"余洋对着空气道歉。

他已经说了无数遍,向成年后也要有这种遭遇的哥哥道歉,也向决定隐忍不发、没有选择报警甚至连林毅都没有透露半分的自己道歉。

9点过10分,余海的眼神渐渐有些迷离了,余洋凑到他耳旁,轻声嘱咐了句:"哥,我回家去拿些换洗的衣物,你先睡。"说完,跟值班的小护士打了招呼,才舒了口长气,往家里走去。

余洋自己身上也带着伤,他祈祷着可千万不要碰到叶伯,否则免不了要解释最近突然消失的原因。

真是越怕什么越来什么,余洋才迈进小区一只脚,就看到老头迎了过来,不知道在门口的保安值班室里等了多久。

"这是从哪儿回来?最近怎么连个人影都见不着?"说着,叶伯在他身后拍了一巴掌。

余洋的后背被他拍得生疼,龇牙咧嘴地躲开:"最近……忙……"

"躲什么?我自己手劲我不知道啊?"

余洋"嘿嘿"笑了两声,没让叶伯看出端倪来。

"有事找我，怎么不打电话？"他尝试把话题扯开。

"电话里一两句说不清，"叶伯的声音在空旷的院子里回响，"哎……我儿子……把这房子卖掉了，明天我们就得搬家！"

余洋听清他的话后顿住了脚步。

"怎么不走了？回去再说。"

"搬家，这么突然吗？"

"就是说呢！买家是我儿子在美国的老板的朋友，关系有点绕，但是做了个人情，对方开的价也好，就没跟我们老两口商量，先斩后奏了。"

关系不算绕，至少余洋很快就想到了一个名字。

他继续往前走，觉得腿脚千斤重。

叶伯还在身后念叨："价是不错的，比这周围市价高出不少，就是买家心急，让我们立马搬，连个准备都没有。"

家门口的感应灯坏了，这个老旧社区的物业效率很低，拖了很久没换，余洋以前总是担心叶伯老两口晚上出门看不清，现在觉得，若能换个环境更好的大房子，也未尝不是好事。

"那成，"他苦笑道，"明天我帮您搬家，不过……住哪儿呢？"

"我儿子在西城不是有套婚房吗？让我们老两口先住过去！你说他们在美国也不回来，那房子空着不请我去住，非要卖了我的房买新的，真不知道怎么想的！"叶伯摸着黑上楼，有些费劲，"对了，你吃过了没有？大海呢？他吃没有？"

"吃了，吃了，我哥他……和程烨在外面唱歌呢，我回来取个东西，还得回去。"余洋扯谎，眼神飘开。

不过叶伯也看不到就是了。

到了门口,叶伯停下来,沉默了半晌。

"唱完歌记得早点回来,别玩太晚喽!"叶伯还是头一次训人带着温柔腔,说罢,又给余洋整整衬衣上的褶子,"我和你叶婶商量过了,我们不往远了买,实在不行,就在咱这院子里买一套,到时候你带着大海过来吃饭方便!"

"行,那我以后得多吃几碗饭。"

"贫嘴,"叶伯笑了,"快进屋吧,我也回去了。"

余洋用手机电筒帮他照着明开了门,听到他的锁门声传来才算放心。

楼道里安静下来,余洋垂下手,视线也随之落到地面上。月光透过楼梯夹层的破旧小窗渗进来,在地上勾勒出一个有些丧气的剪影,他叹了声长气,从口袋里掏出钥匙。

"吱啦"一声,木门打开,余洋还没从刚刚感伤的情绪中抽离出来,就被眼前的境况吓了一跳。

家里被翻得乱七八糟,客厅的桌子和落地灯都倒在地上,沙发堆着如山的衣服、衣架……顾不上换鞋,余洋冲进卧室,除了纸书遍地外,电视完好,床下铁盒里存折和银行卡还在,地上零零散散的一百多块现金也没被拿走。

真是万幸,对方动静不算大,也不为财,看来只是想报复一下自己罢了。

余洋松了口气,把双手支在腿上,弓着身子一点点扫视着狼藉的现场,想努力梳理出该从何处收起。不经意回头,瞥见柜子下的药箱被腾空,旁边散落着一地黄色和白色的药丸,他心立刻一紧——那是余海全部的药!

余洋讷讷退了两步,脱力地在地板上坐下来,没错,这是在向他发出警告,对方对自己了如指掌,可以轻易进出自己的生活,轻易对自己身边的人有所动作。

家里是,叶伯是,余海更是。

房间里一点声响都没有,余洋只听到自己的耳鸣,他不知道是这一刻激动的情绪所致,还是不久前挨的那顿打的后遗症。

余洋苦笑,这一地狼藉跟自己眼下被搅乱的人生节奏又有什么分别?同样的被动,同样的不堪,同样的任人摆布。

手中的手机忽然振动了一下,屏幕亮起,程烨的信息随之而来。

"说好打给我,都几点啦?"

余洋回了一个"马上",靠着床边坐下来,努力整理着复杂的情绪。

或许自己无力招架大厦将倾,可毕竟不仰赖程家而生,还有自救的能力,还有求生的欲望,万不可让程烨知道此间种种,不然,不知她又会有多少难过和自责。

余洋的手摊平又握紧,眼睛在黑暗里炯炯有神。

程诚,不管你想怎么击垮我,我都一定不会让你得逞……

熬了个通宵,隔天一早,余洋陪着余海在医院吃了早饭,就又赶回来帮叶伯收拾屋子了。

他们在这老房子里住了大半辈子，珍惜的家具一件也舍不得扔，叶伯还有不少藏书，这会儿正小心翼翼往纸箱里摆。

余洋看着叶伯在书房佝偻着的背影，有些不自在地撇开眼。

摸摸这儿，蹭蹭那儿，老房子的地砖翘起来不少片，墙壁也有裂痕，可每一处瑕疵，余洋都记得来历，有的还是他和哥哥造成的。不过，或许叶伯的儿子说得对，他们的生活是要越来越好的。

余洋只能这样安慰自己。

"这藤编的沙发虽然看着不行了，但还能用，不要扔掉，说不定人买家还要呢！"屋里进来几个穿制服的搬家公司的工作人员，叶伯赶紧上前交代。

"老叶，咋还专门请人搬家呢？怕摔着你那几盆宝贝花？"下楼买菜路过的老马朝屋里道。

"哪里，人家请的，急的哟！"叶伯喘着粗气搬着一箱书，余洋赶忙接手，陪他一起往门外走。

"车也都一早就来等着了，都是他们掏的钱，是个大老板呢。"

余洋没吱声，不知道该用什么表情面对这件事。

"叶老师。"

单元门口的光被一个人影挡住，余洋抬起头，感觉浑身上下的血都在往脑部冲。

他像是被侵犯了领地的幼兽一样，不管不顾地挡在了叶伯面前："你来干什么？"

余洋认得他，不仅认得，还记得程诚借他口说出的那些侮辱。

眼下他又来招惹叶伯做什么？

不等小李说话,他身边的几个男人就走上前按住了余洋,仿佛他才是那个无法无天破坏别人生活的人。

叶伯本来还想问他们是怎么认识的,看到几人的架势,也顾不上了,他上前掀开一个人的胳膊:"你们怎么回事?这是我家孩子,怎么这么粗鲁!"

到底是不敌年轻力壮的小伙子,被反应过来的人揉了一把,撞在楼道的墙上。

余洋再也忍不了,朝推搡叶伯的男人脸上狠狠砸了一拳,一瞬间就见了血。

最近压抑在心里的怒火顷刻都发泄了出来,余洋本来身手就不差,撂倒了右手边的一个男人,那人没站稳摔下台阶,把小李也撞得栽倒在地。

听到动静的邻居都围了过来,劝架的劝架,叫骂的叫骂,吵吵嚷嚷,眼看着事态越来越严重。

小李脸上的表情没有半分改变,甚至称得上和煦。他拍了拍西装上的灰,提高了音量朝余洋警告说:"你再冲动下去,这里会有更多人受伤!"

余洋正和另两个人扭打在一起,听到这句话,放缓了自己的动作。

混乱之中,叶伯听不真切,可他很清楚地看见余洋挣扎了两下就停了下来,眼里像是要喷出火,却又在极力压抑自己的情绪。

他赶紧上前:"洋啊,没事没事啊,你看我好着呢。"

余洋呼了口气望向叶伯,眼里有歉意,还有些说不清道不明的委屈。

几个人放开钳制住余洋的手,叶伯走上前将其抱住,摸摸男孩的后脑勺,他懂,这些人他惹不起,他儿子惹不起,余洋更加惹不起。

"老伴,你先收着,"叶伯朝叶婶无力地说,说完又转向余洋,"你跟我过来……给我解释清楚。"

余洋点头的瞬间,立刻就红了眼睛。

成年以后,不管吃多少苦,受多大委屈,他都未曾在叶伯面前哭过,但此刻从他嘴里吐出那一个委曲求全的"好"字,却再也忍不住眼泪夺眶而出。

他用手背快速擦掉眼泪,又不争气地流下几滴,只能继续擦,眼角被磨得发红。

比以往每一次流的泪都要滚烫,也比以往每一次都更决绝。

余洋跟叶伯来到院里的老槐树下,爷孙俩并肩而坐,说着掏心窝的话。

叶伯吸了一大口烟,舌尖发苦:"非要跟这群人扯上关系,这么多年话都白跟你说了!"叶伯把头偏向一边,瞅着远处不断被塞满的车厢,"我们老了,你没人依仗,就别给自己惹麻烦,多一事不如少一事!"

余洋更委屈了。他嘴巴噘着,使劲睁着眼不让眼泪流下来。

叶伯把烟蒂扔在地上,用脚使劲踩了踩:"要是一早知道这房子是那厮买的,我就是拼了老命也不能让它被卖了!"他不如前几年那样身体硬朗，踩那几下舒了好几口粗气，看上去再禁不得大风大浪。

"还是得卖！赚他钱，咱不亏！"余洋努力讲出句轻松的话，想安慰叶伯不让他自责。

"这是什么话！"叶伯干枯的手叠在一起，上面生着老茧，沟壑纵横，"他这是要让你没了依靠！"

余洋闻言伸出手，搭在叶伯手上，他那年轻而富有力量的手血管清晰，对比间徒然生出一种让人辛酸的感觉："他说没有就没有了？我还是可以随时带我哥去蹭饭，不是吗？以后住得远了，这饭啊，得多吃几碗！"

他亲昵地蹭了蹭叶伯的手，假装没发现老头满是皱纹的脸上已经干掉的泪痕。

单元门口的人群渐渐散去，搬家公司的车也已经被装满，像方鼎的四角，厚皮轮胎往地面缓缓一沉，扎实，沉重。

小李示意手下发车。车子启动，引擎发出"突突"的声音，像是无情的钟摆，为这场离别做倒计时。

叶伯起身，朝着货车的方向挪步走去。从这个角度看过去，他的裤腿空荡荡的，更瘦弱了一些。

车子缓缓开出小区，叶伯跟在后面的脚步变快了一些，有那么几步，几乎是小跑的。

余洋看着不忍心，追上去一把抱住他，脸紧紧贴着叶伯的后背，泪水流了下来，咸咸的，带着难言的苦涩。

"追不动了,"叶伯压着嗓子,"追不动了啊……"叶伯弓着身,深深的眼窝里藏着无尽泪水。

余洋抱住叶伯的那一刻,就像是回到了小时候,什么都没改变,他不会离开,更没有变老。

余洋把头深深埋在叶伯身后,也不再强撑着装大男孩,泪水如雨如注。

"不追了。"他闷声道。

或许每个人在一生中都会有这样的经历,哪怕趋利避害的本性和理智的思维结果都指向很清晰的选项,我们依然会因为感性的摇摆,去选择看上去错了的那个。

"我说,你能不能有点时间观念,次次迟到,大家都是公主,凭什么就你有病啊?"江瑾得心应手地数落起程烨来。

"哎呀,今天银行人多,你就别生气了。"程烨委屈巴巴地挎住江瑾,走进商场的一家女装店。

"你说你坐九站地铁去银行开一个户,就因为利率比别家高了那么一点点,说出来程建业老脸都要挂不住了。"江瑾拿了一件初冬新款的裙子进试衣间,白色的绒毛质地看起来异常暖和。

"新户高 0.2 个点呢!"程烨扒在试衣间门口,眨眨眼睛,"积少成多的道理江医生不知道吗?"

"得得,抠死你算了,"江瑾试了一下裙子,有点不合适,"我穿着小,你个矮,穿上试试。"

"呜呜,你们怎么都欺负我!"程烨一边扮着哭腔,一边乖乖地拿着裙子走进试衣间。

"说到这儿,你哥最近又抽什么风?"江瑾问她。

程烨脸色变了几变,才艰涩开口:"没……我只是……害怕他找余洋麻烦。"

"所以,你俩现在见面都要小心翼翼的?"江瑾并不知晓事态的严重性,只当是哥哥不喜欢妹妹的男友,说了些不好听的。

"嗯。"程烨换好了裙子,站在江瑾的试衣间门口,"我叫了车,一会儿就走,抱歉啊,没陪你吃上饭。"

"谁让我有一个恋爱脑闺密呢!"

江瑾也穿好了,两个人站在大幅穿衣镜前面。

"小烨,你穿白色真好看,"裙长到脚踝,收腰很好,裙摆和袖口半透明的蕾丝衬得她皮肤更加白皙,"你穿婚纱也一定会很好看的。"

放在往常,面对江瑾这样的赞许,程烨一定会仔细想想,今天这太阳是不是打西边出来的,而此刻,她对着镜子居然有些神往。

江瑾也察觉到她的变化。

"不是吧?已经到了谈婚论嫁的地步了?"

还好试衣间没有其他人,否则程烨真的要脸红透了。

"不怕你笑我,我真的想过,"镜子里,程烨眼神明亮,"他告白的时候那么深情,我……忍不住已经在想嫁给他的那一天,我连孩子的名字都想好了……"

江瑾大笑,可又不单是觉得她天真可爱,更多的是为这份感情替她开心。

"女人啊……"她轻轻掐了一把程烨的腰,"这条裙子姐送你啦!我去买下来,它更适合你!"

说着,江瑾又拿了一条新裙子进入试衣间。

"哦,对,我想起来了,"江瑾从试衣间的门缝里伸出头,"一会儿我还是跟你一路吧,有文件落在医院了。"

程烨木然侧头:"去医院怎么会跟我一路?"

"你不去医院找余洋吗?"江瑾捋了一下肩上的长发,将脱下来的裙子挂上衣架。

"啊?他生病了?"程烨急得直接打开江瑾试衣间的门。

"你疯啦,你姐姐我还光着呢!"江瑾一把推上门,又气恼恼地道,"你是真不知道还是装傻啊,余海不是在我们院住好几天了吗?"

"大海哥哥?他怎么了?"程烨焦急地扒在门口。

"具体不清楚,我也是远远看着一回,还以为你知道呢!余洋这小子,几乎是天天住在医院里了,竟然没告诉你?"

程烨揪着裙边,心里有些慌乱:"我好几天没见他了,电话里问他,什么时候都跟我说好着呢!"

"哎……"江瑾叹气,"看来是我多嘴了,他不想你担心,应该没大事。"

"大事小事都该告诉我!"程烨一改往常的好脾气,神色严厉。

"啧啧……"江瑾已经换好了衣服从试衣间走出,"这还没嫁过去呢,小媳妇儿角色倒是代入得挺顺畅的哈?"

程烨并没有应声,一个人生着闷气。

余洋万万没想到会在医院碰到程烨。

女生有备而来,不仅拎了一兜水果,还带着一腔怒火。

几天没见,余洋很想赶紧把她抱到怀里,可是看着她来算账的架势,又忍住了。

他知道她气什么:"我哥胳膊骨折了,不严重,很快就能出院了。"他指了指身后躺在床上的余海,老实交代。

程烨像是来巡查工作的领导,里里外外看了看余海的伤情,这才直起身,给了余洋一个"继续说"的表情。

可他什么都没说。

如果这是一场电影,在男女主角这场沉默的对手戏里,观众会感受到双方对彼此炽烈却压抑的爱,而现实生活里,没有旁白和背景音乐的加持,一个不愿交代前因,一个只能猜测后果。

程烨刚想反问,被一个哭着跑进病房的小孩撞了一下。

"妈妈,妈妈,救我!"哭着的小孩也就是六七岁的样子,他冲到余海旁边的病床上,躲在一个中年女人身后。

"你过来,有本事别躲大人身后!"身后又冲进来一个男孩,个头稍大些,看样子应该是十岁左右。

"我说你们家孩子怎么回事,已经连着跟我们孩子打了好几天了,你看看这胳膊,都给打青了!"中年女人一手保护着儿子,一边冲过来拉架的男孩家长吼道。

"不好意思啊,小孩子不懂事,我回去好好教训!"一个年龄更大一点的奶奶从身后冲过来,拦住追着人打的男孩,连连赔不是。

"我没有错,他抢我的玩具,还把我的恐龙扔了,我见他一次打一次,打到他死为止!"小男孩发起狠来,身子都在哆嗦。

"你看看这说的什么话,十几岁的孩子说这么狠的话,那以后可怎么得了,这是要当杀人犯啊!"中年女人不依不饶,找病房其他人评理。

"您别这样说,我回去管教就是了……"奶奶有些力不从心,拉住孙子往外走。

"奶奶,我没错!他抢我玩具,我就要打死他!"小男孩一边被拉走,一边哭着喊。

病房里哭声、骂声、劝架声十分嘈杂,顿时统统钻入耳朵,程烨一动没动,微微皱着眉,盯着余海的伤势,内心很不是滋味。

"出去走走吧。"余洋温柔地拉起程烨的手,这个环境下,说不准何时程烨就"爆发"了。

两人沉默着一前一后走上了医院的天台,程烨虽然有一肚子的话想说,却没急着开口,她认真观察着眼前的男孩。

他没瘦,那就好,看着眼前这个只报喜不报忧的傻瓜强打着精神冲自己笑,一瞬间,好像又不想再生他的气了,程烨肩膀稍稍松了一些。

她微微张开双臂,看向他:"新裙子,好看吗?"

余洋露出近几天第一个笑容,把她带进了怀里。

橘子香气伴随冬日的冷风掠过他的鼻尖,他的心上人毫发无伤地出现在他面前,所有的隐忍好像都值了。

程烨深吸了口气，余洋的拥抱让她重新有了安全感，只是……她放开揽着他腰的双手，动作麻利地掀起他的毛衣，速度快到余洋完全来不及阻止。

是他太粗心了，怎么能忘记自己背上有膏药的味道。

"怎么回事？"

他想圆过去："几天不见就这么心急，怪不得别人都说小别胜新婚。"

程烨没有开玩笑的心思，他腰腹的瘀青看得她心都揪紧了。

"是不是程诚干的？"

联想到余海的伤情和余洋的刻意隐瞒，答案昭然若揭。

一阵救护车由远及近的声音响起，气氛莫名紧张起来，余洋朝她走近了一步，刚要开口，程烨却退了一步。

"如果你要说只是你们打闹受的伤，就别费这个心思骗我了。"

余洋只好放弃了解释，此刻的程烨几乎能洞悉他的一切想法，从前他为这样的契合感到惊喜，而今却希望她别那么敏感。

"还有哪里受伤了？"程烨问他。

"背上，"他不再逞强，拉住她的手，"要不，你给我揉揉？"

程烨的手掌温热，一路拂过瘀紫的伤口，心疼不已。

"小事儿，你忘了吗，我学过散打，身体底子好！"余洋逞强。

程烨吸了一下酸涩的鼻子。

"对不起，我没想到会给你带来这样的……伤害。"她的话说得委婉，却又带着一股不易被察觉的自责和孤绝。

不想再看到他眼中映出的那个令她厌恶的自己，程烨双手慢慢松开余洋，撇过脸向天台近处的围栏走去。

远方的天被夕阳层层晕染，两个人的脚步一前一后。

"今天我来，原本是想问问你为什么'报喜不报忧'。可现在我明白了，我根本就没脸问。"走到围栏的这一段路很短，程烨却想了很多。

"我幻想过很多关于我们的以后，我想嫁给你，拥有一个我们的小家，有一整面墙的书柜，放着所有我和你都喜欢的书；我想过我们的作息总是差不多，我们的工作也有交集，我们有聊不完的话题，我们会一起成为最成功的作者和编辑……"

余洋不懂她为什么突然说起这些，只从身后抱着她，将下巴放在她的头上，与她一起望向前方。

"我们会在晚餐后去海边散散步，最好还有一只狗狗，金毛或者哈士奇，什么都好，我们为了同一个目标一起努力，不用大富大贵，只要确定每天睡醒枕边都是对方就好。"

余洋跟上她的思路，保证道："都会实现的。"

程烨摇了摇头："这些话，原本只想让它藏在日记里，或许未来某一天你真的娶了我，才会拿给你看我曾那么心急地爱着你。可现在，我没有立场，也没有资格再做诸如此类的幻想了。"她说最后一句话的时候情绪沉静内敛，"余洋，我想，我们还是分开吧。"

那语气就好像在谈论天气一样平静，她想要努力让自己显得漫不经心，可眼中蓄起的泪却再也止不住。

"你说什么呢！"余洋有些心急又有些恼怒，按着她的肩膀把她转过来面向自己,"别瞎想了,你看,我不是好好的吗?情况没有你想的那么坏!"

"是没有你想的那么好!"程烨厉声,"是我把你和大海哥哥牵扯进来的,你根本不知道程诚气急败坏起来能做出什么事!都是我的错……你本应该更好,应该顺利地出版自己的作品,应该拥有坦荡的未来,你不该承受现在所遭受的一切!"

"那你呢!你就应该被他掌控自己的人生吗?"他不同意她的逃避,放在她肩上的手又抚上她的脸庞,逼她与自己对视,"何况,如果没有你,我原本就得不到出书的机会,如果没有你,我的未来也不会更好!"

这不是个掏心掏肺的好时机,可她分手的语气太坚决,余洋真的很怕再没有机会:"你想过的那些未来,我也一样想过,出书也好,不出也罢,成功也好,平淡也罢,我的每一种设想里都有你,是你让我一眼就望到头的人生多了几分期待,是你让我觉得这个世界上还能有无条件爱我信我的人,你已经成了我活下去的意义,怎么能轻易说分开呢?"

程烨看着他,似乎没料到他会一股脑儿说出这些埋藏在心里的话。

"我曾经真的为自己做了很久心理建设,让自己能够接受或许一辈子与哥哥相依为命、为叶伯养老送终的人生,我的成长境遇让我与其说是为自己打算,不如说是为哥哥、为叶伯而活。我害怕所有的亲密关系,怕我在意的人并不在意我,怕我在意的人离开我,所以我干脆假装自己没有欲望,久而久之,我好像真的失去了爱人的能力。"

程烨白色的裙摆和长发在风中飘扬，美得惊心，又令人痛心。

余洋紧紧拉住她的双手，将她拥入怀中。

"可是你出现了，全身心地接受我，让我所有的想法都有了回应，让我所有的爱都不会落空……"

像是第一次他背着她时那样，程烨清楚地感受到了他胸膛的起伏。

"是你……让我知道世界上真的有这么一个人，只要她出现，你就能明白，从前吃的所有苦都是为了遇到她，只要遇见她，一切就都值得。"

他修长的手指插进她的发间，一下下轻柔地抚着："你说我不知道程诚能做什么，对，可我知道我不会因为他给我压力就跟你分开！"

程烨挣脱开，本想说什么，可喉间像是含了一片柠檬，酸涩地抑住了她想说的所有的话。

"小烨，我们一起努力，好吗？你别放弃我。"他握着她冰凉的手轻吻。

他从来都是有些倨傲和理智的，偶尔会露出大男孩般的调皮，程烨从没见过他这样低声下气的时候。

这么近距离地看着，她很想像以前一样抱一抱他，可是……

这一刻若是她没守住自己的心，被他感动，下一刻他又不知道会在何处遭逢狂风暴雨。

是啊，大不了自己继续回到从前浑浑噩噩的生活状态里，又怎么可以将最爱的人推入重重深渊？程烨垂眸不忍再与他目光相撞。

"我无法选择自己的人生，但我至少可以选择不要毁掉你的！"

说完，她黯然转身离开。

"程烨！"余洋追上去，"我知道你心疼我受伤，但是咱们不要这么轻易说分手，好不好？我送你回家，你好好休息一晚，咱们慢慢聊，行吗？这本书出不来，还可以试试其他的出版社，程诚势力再大，也不至于毁了我，一定还有别的出路啊！"

程烨没理他，眼里氤氲着水汽按下电梯，长发挡住半张脸，双肩因压抑而轻颤。此刻她只想冲到程诚面前，把余洋和余海受的伤分毫不差地还回去。

可她不敢，从小就不敢。

"求你别再说了，"电梯抵达，冰冷的金属门打开，程烨率先迈入，按下余海的楼层之后，又按下一层，"也别跟着我，回去陪余海哥哥吧。"

余洋拿不准她的意思，看着电子屏变化的层数，焦急地把她堵在电梯的角落："今天的分手，我不同意，我当没听到，知道吗？"

程烨抬起头，她已经在很努力地控制住眼泪了："你不知道吗？在一起需要两个人同意，但是分手只需要一个人就够了！"

"程烨……"

"或许程诚是对的，"她看向停住的数字，"我们，门不当户不对。"

电梯的门重新打开，她把他推出去："分开了，大家都轻松一点。"

余洋扶住门框,却被她的话定住了身形。

程烨眼睛一眨不眨地看着他。

看着这个在自己眼里充满才华的男人,充满担当、充满爱意、此刻难掩受伤神色的男人,程烨按下了关门键。

电梯启动的那一瞬间,她的眼泪再也憋不住,她蹲下身抱住自己的肩膀,缩成小小的一团。

而后的每一层,都有不同的人进进出出,可是没人问问这个掩面痛哭的小姑娘到底怎么了。

医院总是这样,每时每分都上演着人间至痛,稍一碰到别人的肩膀,难保不会扯出一段撕心裂肺的人生。

"叮!"一层到了。

电梯里的人陆陆续续从她身边挪开,迈向属于自己或焦灼或奔波的生活。程烨缓慢起身,鼻子哭得通红,她行尸走肉般拖着脚步,心里一直重复着那句说给自己的话。

"我从未有过任何可做庇护的门户,本天真地期待你能给我,但现在,我却不想要了。"

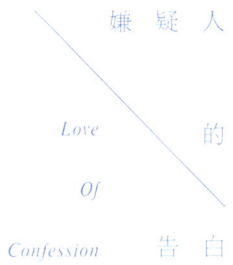

嫌 疑 人

Love

Of

Confession 告 白

的

第七章

寒光利刃

听说人在无助的时候，
会把自己的遭遇都归结为命数。
那他的命数是什么呢？
是一个天大的玩笑吗？

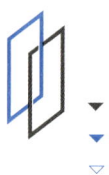

"不可能的,哥……我杀了他,我逃不掉的。"叶之舟双手交握,像小时候闯了祸祈求哥哥的原谅一样,却因太过恐惧止不住地颤抖,看得叶之桥很是心疼。

"按我说的做。"他强自镇定。

叶之舟投去疑惑的眼神。

"你有被迫害妄想症,"叶之桥的镜片里反着射灯的光,整个人理智、冷静,还有些狠戾,"这是陈新凯在警察面前一口咬定的,如果按照这个思路,即使你被抓到,只要能够证明你是在犯病期间杀人,那你就不会被重判。"

叶之舟从没见过哥哥这么坚毅的样子,仿佛在说一件真实的事情。

他在哥哥的安慰下找回一点思路:"你是说……把我的罪行归于得病?"

"不,你没有罪,错的是他们。"叶之桥站起来,已经恢复成了以往手术室里那个高冷的外科大夫,"你的疾病证明,我可以作假。现在,我们去毁了你的杀人证据。"

叶之桥先是清理了散落地上的玻璃碴,又擦去了水果刀上的血迹和指纹。

叶之舟不敢打扰哥哥,贴着墙根坐得笔直:"哥,既然……要以精神病脱罪,你还收拾这些干什么?只要说我……误杀他的时候正在犯病就可以了啊……"

"那是最后万不得已的办法,"叶之桥站在开放式厨房的水槽边,头也没抬,"在这之前,我需要分尸然后把现场处理干净,尽量不要让警方怀疑到你我身上。"

叶之舟没有听懂,他朝哥哥走了两步,觉得他说起这些话的语气有些陌生:"什么意思?"

"听我说……一会儿我会回家拿行李箱过来,把陈新凯的尸体运走,我走之后,你要非常冷静地继续清理现场,不放过任何有打斗痕迹的地方,明白了吗?"

叶之舟摇头,却发现哥哥根本没有看自己,急忙道:"不明白,楼道里有监控!我们来过陈新凯家是事实!"

"你是来喝酒的,而我来找你们之后,告诉你我要去度假,所以回家拿了行李箱,又来告别。"

叶之桥瞥了一眼尸体,继续冷静地讲述着他勾勒好的故事版本:"然后你们继续喝酒,直到晚上,也就是你完全把房间收拾干净之后,你才离开。至于后来陈新凯是失踪还是死亡,你不知情。"

叶之舟顺着哥哥的思路想了想,神经依然紧绷:"这不行……说不过去……"

"没有证据,没有尸体,就过得去,"他洗完了刀,把它归于原位,"别浪费时间了,快去!"

出事之后,叶之舟就没了主意,此刻也只能顺从哥哥的指挥,嘴里却还念叨着:"监控怎么办?陈新凯再也没有出现过,怎么可能凭空消失在家里?最后一个见过他的人就是我啊!"

叶之桥脱掉沾了血的西装外套,松开领带和衬衣最上方的两颗扣子,做出放松的样子:"监控需要坏掉一两个小时,你随便选一个电器制造短路,不难吧?之前你在家里用调音设备出过一次状况,那时候连带着楼道也停电了,说明走的是一条线。还有,你记着,必要的指纹和痕迹是要有的,清理得太干净反而有问题。"

他说完,已经走到大门口,准备回家拿行李箱了。

"哥……"叶之舟看到他后颈的汗几乎浸湿了衣领,"我……"

胸口像有一块无形的巨石压着,让他说不出道歉的话:对不起把你牵扯进来,对不起让你的人生有了污点……

"干活儿吧,没时间了。"叶之桥没回头。

极度的恐惧和负罪感充斥着叶之舟的大脑,他觉得自己的脑袋要炸开了,没有办法再继续思考以后怎么办,只能机械地重复着清理的工作。

等叶之桥按照计划拿着行李箱来时,叶之舟却有些犹豫了:

"哥,虽然我脑子很乱,可我知道,我不能连累你!我去自首,要说我犯病什么的都可以,可是,一旦把你也牵扯进来,你就成了帮凶了!"

天阴沉沉的,哪怕是清晨也带着深冬特有的灰暗调子。

程烨裹紧了身上的大衣,加快脚步走进地铁站,跟身后的人拉开一些距离。连续几天,自己不接他的电话,躲着他,却没影响他定时"接送"自己上下班。

余洋知道她的心思,与她隔着几步站在同一节车厢,透过车窗的反光,见她躲闪,苦笑着闭眼小憩。

他有胡楂了,还有黑眼圈,最近一定没有睡好。

被封号之后,她看到他的粉丝们在群里说,他在其他网站注册了一个小号,开始连载了新的作品,她一直偷偷追更,小说叫《夜莺与鸢尾花》,有美好的爱情,也有精彩的悬疑,是她一直希望他写的那种。

程烨通过车窗玻璃看着那个昏昏欲睡却还要坚持早起送自己的男生,有些心疼。

她伸出手,用食指轻轻擦过玻璃上他的脸颊,就像真的在抚摸他一样。

余洋睁眼,她像是触电般收回了手,确认没人注意到自己奇怪的举动,悄悄松了口气。

报站声响起,余洋强打起精神,赶紧把自己手里的伞塞进她的手中,然后无声地退回了原先的位置。两人之间,像是有一道无形的沟壑,她不允许,他就不多做停留。

程烨握着伞,嘴唇微微张开,却终究还是忍住没跟他说话。

从自己的工位走向主编办公室的路,算起来只有十余步,程烨走过无数遍。

在她还是一个小实习生的时候,就勤勤恳恳地主动跑腿打杂,负责把部门的报销单统一整理好,再送给主编签字这种费力不讨好的差事。

如今……

程烨把挂在电脑边的工牌拿起来挂在脖子上,仿佛这样,"策划编辑"这四个字就能够给她注入些不一样的力量。

她还是第一回直接越过金编辑向主编推荐选题,在出版界里,同一个选题只能由一位编辑上会,这是约定俗成的规矩。这一次虽说她与金编辑没有提交相同的选题,可却是同位作者的作品,再加上金编辑与他之前的纠葛,可以说程烨是明知不可为而为之了。

说来也奇妙,自从余洋出现在她的世界里,她多了很多所谓的"第一回"。

第一回从程建业安排的晚宴上被余洋"劫"走,穿着高跟鞋、提着裙摆坐在路边的塑料凳上喝啤酒;第一回在工作日调休,换来和余洋自驾到海边看日出日落,在抬头就能看见星空的帐篷里合被而眠;第一回为自己喜欢的人据理力争,甚至不惜离家出走……为了那个人,她学会隐忍,也学会不顾一切。

"咚咚咚。"程烨一边调整着自己的呼吸,一边敲响了主编办公室的门。

"进。"

程烨推开门,主编正背对着她摆弄一个精致的音响,余光看到她,抬手示意关门。

"我这儿正摆弄你哥给送的新鲜玩意儿呢!"

程烨刚到嘴边的话,就这样被噎了一下。

还是主编先问了她:"怎么了?工作上有问题?"

程烨的视线从音响上移开,重新调整了状态,将准备好的文件双手递过去:"主编,我是来向您推荐选题的。"

"哦?"主编没有接,眼神扫过文件上"夜莺与鸢尾花"六个字。

"我知道我这样做属于越级了,可我希望您能给我个机会,让我说说原因。"

主编无奈地笑了一声,接过文件:"你呀!"他用手指了指程烨,"跟你哥哥一模一样,根本由不得别人拒绝!来都来了,我还能不让你说?"

程烨勉强挤出一个笑容,鼓起勇气:"主编,我从当策划编辑的第一天起,就跟自己说,我应该尽最大的努力,不让经我手的优秀作品蒙尘,如果不是因为真的很认可这部作品,我绝对不会越级来找您。我整理了一份策划案，就耽误您几分钟时间，请您一定给我这个机会！"

她语气陈恳，带着祈求的意味。

主编翻开第一页，在作者介绍的部分停留了一会儿："这个余洋，我有耳闻……"

程烨以为他指的是前阵子闹得沸沸扬扬的抄袭事件，连忙道："他没有抄袭，事情已经解释清楚了，是那位作家恶意诽谤。"

"可我听老金说，他一开始就比较质疑这位作者的人品……"

金编辑是社里的元老级骨干，他的话向来有分量。

"金老师的工作能力我是十分佩服的，可我也知道他的工作量很大，肩上任务重，有的时候考量作品的维度比较广……"

主编没有抬头，继续翻动文件，程烨看不到他脸上的表情，只听他问道："铺垫这么多，你就是想说，老金虽然没有选中这部作品，可你觉得它不该蒙尘？"

"是，"程烨干脆地回答，"这是他最新的作品，现在还在线上连载，人气很高，数据的部分我列在最后一页了。"

主编戴上眼镜，仔细阅读起来。

他没说让程烨坐下，程烨就这么傻站着，站得腿都麻了，却还没从主编脸上读出任何情绪来。

"你选的这篇样章，是你认为最能体现作者水平的部分吗？"

程烨紧张得两只手捏在了一起，不知道该怎么回答才是最好的。

文件里她截取的部分，是《夜莺与鸢尾花》中余洋描述兄弟俩处理杀人现场的部分，她认为这章是最高潮迭起且节奏紧凑的部分，可被主编这么一问，她不知这样回答会不会加分。

程烨咬咬牙，点头道："是的，这也是我认为一旦影视化，最能吸引人眼球的部分，因为在观众眼里，兄弟俩所看到的画面自此开始有了非常大的差异。"

"哦？"主编抬起头，"听你的意思，还想全版权签下来？"

"是的，我有信心能把这本书做好，它完全具备成为悬疑类畅销书的潜质。"

主编放下了手里的资料，双手交叉撑住下巴。

程烨知道这是他认真谈事时候的习惯性动作，连呼吸都跟着紧张了起来。

"你的企划书写得很好，卖点提炼得不错，营销方向也很清晰，在我的印象中，这是你做得最好的一份企划。"

程烨抑制住心里的激动，她怕主编的下一句话从"不过"开始，不等他开口，一股脑儿补充："主编，我愿意赌上自己下半年的绩效，希望您能给我，也给这本书一次机会！"

"不过……"主编完全没有被眼前不知天高地厚的年轻人打乱自己的节奏。

程烨觉得自己扣在一起的手指已经失去了知觉。

"就这一章而言，我觉得写得不错，人物很饱满。"

"嗯？"程烨不敢相信自己的耳朵。

"老金啊，年纪大咯！论市场敏锐度，怕是赶不上年轻人了！"

程烨空落落的心好像突然被蜜糖填满，她听到自己的声音已近哽咽："谢谢您，真的特别感谢！"

"嗯。"主编浑不在意地一挥手,意思是程烨可以告退了。

这个喜讯来得远超预期地容易,程烨一时间缓不过神,觉得自己像是踩在云端,下一秒就有可能跌落下来,脚步都极轻缓。

她走到门口,刚摸上门把手,主编的声音又自身后传来:"对了,程烨啊,这本书,不用在老金手里过会了,你填好选题表,直接拿着全文来找我吧。"

程烨诧异地回头,短短几分钟,主编不仅让她在云端站稳了,还给了一针强心剂。

他这样做,既向老金表明他支持程烨这个选题,又最大限度地保全了老金的面子,不至于置程烨于复杂的职场关系之中。这种细致入微的关怀,别说在职业生涯,就算在家中程烨也没体会过。

这个当下,她觉得自己的中文系白念了,竟搜肠刮肚也想不出该用什么话表达感谢。

主编低声咳嗽了一下:"你刚刚说的那番话呀,就是不让优秀作品蒙尘那句,也是我,刚刚当上策划编辑时写在工位上的。把书做好,别让我失望。"

程烨再也忍不住,眼泪一颗颗砸下来。

进门之前,她虽然自认做了充足的准备,可也没有把握一定能说服主编,现在听着他的话,觉得自己好像不再是单打独斗。

"哎?怎么还跟我这儿哭上了?回头出去外面又该议论我给年轻人太大压力了,别给我招黑!"从严肃有距离感的资深主编,到可爱和蔼的老头,前后不过十余分钟时间。

程烨破涕为笑,被他这句学着年轻人说的"招黑"逗得忘记了最初进来时的那份不安。

余洋下了地铁,买了份早餐赶回医院陪余海。

刚才在车厢里,他看到程烨的小动作了。她自以为隐藏得很好的爱意,早已经从眼睛、从唇角、从指尖准确无误地流露出来,落进他心里。

他忍住了那一刻想要抱她一下的冲动,脑子里只剩一个念头——只有在自己有能力庇护她时,才可真正与她并肩。

如今他唯一能做的,就是在最短的时间内成长起来。

如果说从前他的文字是自己和哥哥生活的保障,是安全感的来源,是头顶遮风挡雨的瓦片和脚下漫漫长路的基石,那么现在,他希望他的文字可以成为武器,成为自己与不安抗衡的底气。

他对于《夜莺与鸢尾花》倾注的心力日渐深重。

最初,他希望写一部以程烨为原型的爱情小说,因而创造了认为更能与她相配的叶之舟。

然而写着写着,那些现实中的压迫与困苦也从笔尖渗进纸张,现实中程诚给的压力,变成了小说里陈新凯的变态,剧情也一路从爱情故事偏向了余洋最拿手的悬疑题材,读者们的热情空前高涨。

于是联系余洋的出版人,也就不止一两位了。

其中最特别的那位,叫苏尧。

两家读者粉丝还在网上"兵戎相见",他本人却在私下主动联系了余洋,为自己之前的行为道歉。苏尧坦承了自己无奈之下与程诚勾结的真相，是他构陷余洋抄袭才导致余洋被封号，他希望余洋能给自己一个悔过和纠错的机会。

他告诉余洋，自己愿意动用所有的人脉与资源，竭尽全力帮助他出版新的小说，就当是为自己赎罪。

余洋不是个揪住过去不放的人，他了解了苏尧与程诚之间的纠葛，决定不再追究，慎重考虑之后，答应与苏尧面谈。

"哥，我的新小说进展很顺利，下周约了出版人见面，你也要快点好起来！"他用热毛巾帮余海擦了把脸，把豆浆、油条摆上小桌板，开始耐心地喂余海吃早饭。

伤了右手之后，余海不愿意学怎么用左手吃饭，大部分时间都是余洋在照顾他的起居，就连最喜欢的数学题，余海也不做了，整天盯着天花板发呆，这让余洋更不放心放他独处。

"程烨今天也很好，穿得挺暖和，"余洋自说自话，"不过她又没带雨伞，我就知道她粗心，所以特地带了两把伞。哥……你也挺想她的吧？你放心，眼下这种情况不会持续很久的，我们……都会越来越好的！"

余洋说这句话时，眼里是带着光的。好像曾经那些谩骂、误解，无休止的轻视、侮辱，以及看不到的未来，终于要拨云见日，渐渐有崭新的轮廓了。

一切都会好转起来的，哥哥会出院，书会出版，程烨也会回到自己身边，余洋对此深信不疑。

他囫囵吃下一个馒头、几口豆浆，坐在病房床边打开了笔记本电脑,他要在今晚更新出叶之舟与叶之桥逃出生天的章节。

下过雨的傍晚,空气质量异常好,山里尤是如此。

小李接到了程建业询问程诚去向的电话。

他最近没有出差,也没有回家里住,那么唯一的可能,就是把自己关在了别墅里。

这是翁源地价最昂贵的地方,在城市边缘,零星的几幢别墅依山而建,傍水而居,据说风水是极好的。

小李出示程诚放在他那儿备用的出入卡,停好车,一阵寒风袭来,他不禁打了个哆嗦。虽然已经为接送程诚来过这里很多次,他还是不太习惯这稍显阴森的风景,也看不出什么好风水。

程诚失联了好几天,这种情况时有发生,他"需要"一些严禁打扰的时刻。

小李输入了密码,进入别墅的庭院。这里原本种了一棵挺拔的树和一些绿植,可冬日凛冽的雨雪过后,小院呈现出一副颓败的景象,植物的叶子蔫蔫地堆在一起,藤椅也透着湿润的灰度。

"程总?"他走上前按了门铃,却迟迟等不到回应。

小李继续敲门,心道若再没有回应,应该就不在此处了。

其实比起程诚不在,他更怕程诚开门,因为这个时间他定然要责怪自己冒昧打扰,可老爷子吩咐了,他不敢不跑这一趟。

正要无功而返,门内忽然传出座机的铃声,小李灵机一动,跨进庭院的花坛,借着餐厅的落地窗使劲往里张望,这一看,就看到了旋转楼梯上一摊摊发黑的污迹。

再仔细瞧，地上竟然有个人影，呈"大"字形摊着，看不出是不是程诚，也看不出有没有受伤。

房间里的电话铃声还在响，像一声声催命符，小李额头流下冷汗，完了，一定是出事了。

他知道程诚涉毒，他也知道应该第一时间把这里的情况通报给程建业的，可是……

小李在石阶上坐下，心里盘算，程建业绝不会同意自己报警让事情曝光的，他自有包庇儿子的办法，但自己可就择不出去了。一旦事情败露，无论是涉毒还是之前的故意伤人，自己是首当其冲的替罪羊，一定会重判。

不能那么被动，任何时候保住自己才最重要。这个道理还是程诚言传身教的。

坐在车上等着警察来的工夫，小李放低了座椅，腿脚放肆地搭在方向盘上，松开整齐的领带，整个人嚣张却又透着浓重的无力感。他偷拿了一支程诚的雪茄点燃，一呼一吸间勉强让自己冷静下来。

他想好了，如果程诚真的死了，任谁也不会关心他这个鞍前马后的小秘书，倒不如主动向警方交代程诚涉及毒品相关的业务，自己在这方面牵涉不算太多，也好求个轻判……

"右侧大腿、左手背、右手肘、左腹肋下各有一刀，死因是失血过多……"

别墅被警察围了起来，现场异常可怖。

程诚仰躺在地上，凶器不知去向。血迹从餐厅的楼梯一直蔓延到客厅，可是没有明显打斗过的迹象。

林毅捂着鼻子："这味儿……应该有好几天了吧？"

"法医还没到，"警员指了指小李，"死者秘书报的警，说他有吸毒的习惯。"

林毅低骂了一句，又问："现场找到毒品了吗？"

"有针筒，已经送去化验了。"

"再找！"

林毅看向睁着眼睛的尸体，尸斑的颜色已经很深了，还散发着腐烂的气息，口鼻都有血水干涸的印记，要不是警员介绍，他真的很难把他跟财经名人程诚联系到一起，更难……联系到程烨的哥哥身上。

林毅小时候胆子特别小，在一群小孩子中永远是个受气包，尽管他爸是个远近闻名的缉毒警察，他也从来没有立志长大要变得跟老爸一样有出息。

每次打架，准确地说是被打，他都是躲在余洋身后多一点，反而是余洋很崇拜林毅的爸爸，一度梦想着以后能考警校。

当余洋明白了自己一生难离余海，选择了在家码字为生之后，他跟林毅谈起自己的取舍，鼓励他试一试考警校。

他本来就很擅长讲道理，又说女孩子都很崇拜警察，听得林毅两眼放光，拍胸脯保证自己能光荣"传承"他的警察梦，就这样，居然歪打正着以第一名的成绩被警校录取了，连林毅他爸都觉得惊奇。

在那之后，林毅渐渐在侦查方面崭露头角，成了一名优秀的警察，而余洋每隔一段时间，就借着"警员家属"的身份，到林毅上班的地方送些好吃的，弥补心中已去多年的愿望。

"林队，想什么呢？"法医同事赶到了现场，摘了口罩问："你认识死者？"

"不认识。"他回。

实际上，他知道他是程烨的哥哥，这个小城市里恐怕少有人不知道，而他比其他人了解多一点的是，程诚不同意余洋和她妹妹在一起。

"这个程诚……"队里另一个警员忽然想起了什么，"前阵子有民众报案，说好像看到他和一行人在巷子里斗殴，应该是跟什么人结了仇的。"

"看清楚斗殴的人了吗？"林毅问。

"没有，报案的人只说看到车牌号是四个8，"警员朝门外的黑车努努嘴，"就是停在外面的那辆车，具体到底是不是他也没看清，后来也没接到伤者报案。"

"一起查。"林毅心里有种说不出的滋味。

余洋身上的瘀青还没散尽，好在按上去已经没那么疼了。

他把余海托付给叶伯照顾，自己关在家里写了几天几夜的稿子，吃饭全靠对付。终于，笔下的故事进入尾声，也到了他和苏尧约定见面的时间。

他一边刮着胡子，一边播放着早间新闻，直到完全确认了主播那毫无感情的声音宣布的是程诚的死讯，才手脚冰凉地回复了苏尧："见面的事情暂缓。"

林毅的声音从电话里传来："你说什么？程诚的死跟你写的小说里人物的死法一模一样？你们这些作家要不要想象力这么丰富啊？"

余洋看着电脑屏幕上的新闻，脸色十分苍白："我会拿这种事跟你开玩笑吗？你不信我？"

"我什么时候不信你了？哎……我直接告诉你吧！我们分析啊，程诚的死因并不全是刀伤，这案子跟毒品有关……"林毅说得含混。

"可那刀伤，一定是他人造成的。"余洋道。

新闻里的照片在程诚的脸部和伤口处都打了马赛克，根本没有任何信息透露出刀伤，若不是因为他是公众人物，记者争相报道，连这种照片都流不出来。

余洋低头瞥了一眼自己夹着烟蒂的指尖："我要重读一下自己的小说，排查留言区的评论，说不定，对你破案有帮助……"

"得得得，"林毅打断他，"查案是我们警察的事，你别瞎掺和了……你的小说我来看，如果是真的有关，我一定提溜你回局里问话！"

"等一下。"余洋的视线停留在荧幕上标黄的文字部分：

叶之桥先是清扫了散落在地上的玻璃碴、水果刀，以保证粘在上面的指纹不被发现，然后进到暗室……接下来，他们将陈新凯的尸体装进大号的行李箱运出小区，买了最近的车票去邻市避风头。

余洋若有所思,等到对面的林毅催促了,他才开口:"我问你……厨房里有没有水果刀、碎玻璃碴,房间里有没有被摔坏的相框?"

林毅的眼神冷了下来,这些细节余洋无从得知,他却一开口就说中了与现场相符的痕迹,这让他感到后背发凉。

"这……都是你小说里写的?"这是他从警以来最不可思议的一次发问。

余洋叹气,没说话。

"这都什么事!"林毅低咒。

等待化验结果的三天里,余洋比林毅还要着急,几乎每天照三餐打电话询问进度。

"怎么样,我上次说的玻璃碴、水果刀,化验结果出来了吗?"

"出来了,可是,"林毅思量再三,决定向余洋透露自己的疑虑,"你说的这些线索确实存在,但化验结果却……就好像……"林毅斟酌了一下措辞,"凶手早就知道警方要查,清理得干干净净的。"

一定是非常熟悉小说的人,才会不仅模仿犯罪,还原封不动地复制了清理现场的方式。

"那你们查了近两天离开翁源的人了吗?案发后一小时左右,坐火车离开的,去了隔壁的淮源市,这是我最新更新的凶手去向!"

"在查,但这范围太大了,实在很难找到什么凭据,总不能把人都抓回来审一遍。而且,我提交了你的小说作为证据之后,被局里通知因为跟你的关系,不能再负责此案了。"

"什么？不行……"余洋在家里急得直转悠，"这样怎么行！不然，你就说你跟我闹掰断交了！至少求个辅助调查也行啊！"

"大哥，谁会信啊，何况上个礼拜你才带着袁记烧卖来局里慰劳，你忘了？"

"早知道就不该管你死活，让你天天吃快餐得了！先这样吧，挂了！"

电脑文档里的光标一下下闪动，手边是一个临时被用来充当烟灰缸的易拉罐，边上散落着一层烟灰，余洋对着空荡荡的房间愣起神来。

假如他是警察，他的推理方向会是什么呢？

什么样的人，才有可能按照一个作者所创作的小说情节，如法炮制地清理现场呢？

他涣散的目光渐渐对焦，小说的情节在脑海里构建起来又被打散。

是荧幕另一边的某位读者吗？也许这个读者厌世、反社会、喜欢涉猎罪案类小说，恰好在网上看见了他的作品，故而模仿犯罪。

是某个很熟悉自己的人吗？他脑海里蓦地冒出程烨的脸。但他很快又推翻了，程诚毕竟是她哥哥，即便没有血缘关系，同一个屋檐下相处多年，也断不会下此狠手。警方必然会排除。

他嘴唇翕动，念出页面上的情节，逐渐跟脑海里的声音重合，余……他曾在写作的过程中一遍一遍地在余海旁边叙述，而林毅也知道他有这个习惯。

这个推理方向令他额头冒冷汗。

警方不会往这个方向查的,肯定不会!哥哥的能力范围在哪儿,没有人比他更清楚,即便警方怀疑到哥哥身上,他也能做证,一堆哥哥的病理报告也能做证。

连日来的熬夜写稿和神经高度紧张的排查让余洋疲惫不堪,他一不小心打了个盹。醒来后,他失魂落魄地走进厨房,打算给自己煮一杯咖啡提提神。

找了半天,才在水槽里发现之前没来得及清洗的咖啡杯,咖啡杯上印着一只小羊,小羊的背上驮着一个包裹。余洋拿起来,看到里面已经结了一层咖啡垢。

余洋自嘲地笑了笑,这起案子打乱了他的生活,让一切都变得杂乱无章起来。下一刻,他却猛然反应过来——不对!自己明明从来都不喝咖啡,闻见那苦涩的味道都想绕道而走!

余洋的目光在杯子和咖啡壶之间游离,渐渐地,变得越来越阴鸷、晦暗,又有种莫名的坚定……

他跑向卧室,拿下衣架上挂着的包,将包里所有东西倒在床上,里面掉出来一盒抽剩半包的玉溪烟和一只打火机。

他又找到了一个足以佐证的理由——他不喜欢喝咖啡,那是叶之舟每天早上的习惯,他也从不抽烟,玉溪是叶之舟最常买的香烟牌子!

余洋站在原地,从卧室遥遥望向客厅的书桌,呆立良久。

片刻后,余洋又在垃圾桶里左翻又翻,找出一张最近去商场给程烨买礼物的购物小票,在签名处,他看到属于自己的笔迹,上面洋洋洒洒写了"叶之舟"三个字。

至此,全部都合理了。

一切都不需要再查了……

余洋瞬间脱力,瘫坐在地上。

在小说与真实生活的模糊边界,他找到了自己与笔下角色重合的部分——他逐渐意识到,自己患有严重的精神分裂症,这起案件背后的凶手,其实就是他自己!

从前他不懂为什么演员总是说自己进入角色之后很难走出来,那些虚构的情节、属于角色的情绪,真的会影响到现实生活中的正常人吗?

但在痴迷于小说的创作后期,他自己也完全沉醉在臆想出来的小说世界里,带着主人公的悲欢、使命和知觉,很难分辨出自己到底是现实世界中的"小说家"余洋,还是小说世界中的"杀人犯"叶之舟。直到有一天他带着男主人公的怨念,失手杀害了故事里的"邻居"陈新凯,也就是现实中的程诚……

答案昭然若揭。

余洋拖着自己几乎没有了知觉的身体,走到洗手间用冷水洗了很多遍脸,他想让自己清醒一些,可是一抬头,镜子里那张还在往下滴水的面庞,却变成了叶之舟的样子。

他浑身战栗,伸手擦了一把镜面。

里面的叶之舟,没有半点邪恶凶狠,反倒是轻轻地、得意地朝他笑着。

余洋不知道自己什么时候睡了过去，醒来的时候他已经不在卫生间了，而是躺在自己的床上。

他好像做了一个梦，又好像不是梦。

他走出卧室，蹲在余海面前。余海正坐在地毯上安静地吃着两人回来时从路边买的薯饼，他看着余海说："哥哥，我做错了一些事情，现在，需要去承担那个后果。"

余海的动作停顿了一下，眼神却还在电视节目上。

余洋扯了一张餐巾纸，帮哥哥擦了擦嘴，再出声的时候，声音已很艰涩："哥，如果以后没有我了，你一定要给我……给我……给我好好照顾自己。"

他说完，怕余海看到自己红了眼眶，便转过身去，豆大的泪水"啪嗒"滴下，内心骤雨疾风般擂着鼓点。

余洋颤抖着手点燃了一支烟，对着窗外吞吐着烟圈。这个动作他已经越发熟练，似乎原本就会，只是唤醒了身体里的某一部分记忆而已。

听说人在无助的时候，会把自己的遭遇都归结为命数。

那他的命数是什么呢？是一个天大的玩笑吗？

是游戏快要通关时触发了隐藏剧情，看似给了自己进入与否的选择权，实为规则制定者的无情戏弄。

无论他如何选择，都要做出痛苦的割舍。

…………

晚霞给天空染上了紫色，马路边乞丐的碗里多了几枚硬币，豪华的轿车快速经过，余洋回过头，哥哥嘴角沾满薯饼的碎渣，并没有过多在意他异常的举动。

真是残忍。

这个世界，并不会因为某个人不幸的遭遇而有丝毫停顿，我们每个人都只不过是穹顶下太渺小的一粟。

余洋深吸了一口气，忽然被人从身后抱住。

"游戏，游戏！"余海递过来一架小飞机，圆圆的脸贴着余洋的脸蹭来蹭去，像从前一样撒娇，想跟弟弟玩飞行棋。

"想和小洋玩游戏啦？"余洋双手搂住哥哥的双臂，心头倏地一软。

如此平凡无奇的自己，能被人如此依赖，也便有了想要守护对方的理由和想要完成的遥远愿望。是那些令人怦然心动的时刻，那些令人嫉妒、存有可爱怨念的瞬间，才将这看似艰难又漫长的一生都变得平坦宽广。

余洋看看哥哥，又想想程烨，忽然觉得有过此间种种，也算值了。

为你放弃即将拥有的一切值了。

为你感受爱、生出恨值了。

为你成为如此狼狈糟糕、不堪入目的自己也值了。

只要你们安然无恙，好好活着，自己所做的一切就都有了意义。

余洋捻灭烟头，安顿好家中一切，衣着体面地出门了。

嫌疑人的告白

Love
Of
Confession

第八章
消失的凶手

人的记忆是有规律可循的，
记忆力是一条向下的曲线，
无论是什么事情，
只要你不重复去想，
都会逐渐被淡忘。

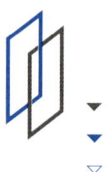

叶之舟絮絮叨叨说个没完,语速也越来越快,丝毫没有注意到哥哥在自己的影响下持刀的手越来越不稳。

"哥……"

"手术"再次被打断,叶之桥停下手里的动作,无奈地看向他。

叶之舟以为自己的话起了作用,他嗅着鼻端散不去的血腥味,鼓起勇气上前按住了叶之桥的手:"哥,我一人做事一人……"

"嘭——"

叶之桥没让他把话说完,一拳砸在弟弟脸上:"你现在清醒一点了吗?"

从小到大,他都没有对叶之舟动过手,这一拳,让兄弟两个人都从当下的情境里短暂抽离出来。

叶之桥压着嗓子低声道:"我没有时间跟你兄弟情深了,按照我说的去做,我们两个都不会有事!"

"可是……"

叶之桥没再理会,重新操弄起手中小小的手术刀,有条不紊地分开尸体骨肉相连的地方。

叶之舟看着他,脑中忽然冒出"情同手足"这个词。

他知道此时想起这个词有多讽刺,此后也多半不敢再用这个词,不敢再回忆起今天经历的一切,但这一刻,虽然嘴上说"一人做事一人当",可潜意识里想到有哥哥在,他就安心许多。

他向来是信任哥哥的,哥哥做的任何重大决定也都没有出过错,如果哥哥说不会有事,那是不是真的就能侥幸逃脱?

长久的沉默里,叶之舟的心渐渐落定,没了之前的混乱。

叶之桥并不知道几步之遥的弟弟心里正掀起何种惊涛骇浪,他一遍一遍给自己做心理建设,他其实并没有看上去那么稳。若这场"分解"是考试,他已经犯太多错误出局了。

寒窗苦读学医数年,谁知道有一天会用在这种地方。

像是在进行一场没有助手、没有灯光的手术,只有无尽的压力和窒息感将自己包裹。

血肉在利刃下撕裂开,叶之舟最终还是撇开眼睛,因为他无法将那一摊摊血水跟几小时前还生龙活虎的人联系起来。

他最初明明只是想自卫的,谁知等他反应过来的时候,那个叫嚣着的人已经没有了呼吸!

他恐惧又憎恨这个失控的自己。

可是哥哥没有。

他用手背狠狠按住眼睛，不让眼泪流下来，余光里都是叶之桥有条不紊的动作。

他当然记得哥哥为了考上医学院是如何挑灯夜读，也记得他收到第一面病人家属送的锦旗时有多开心……

可今天之后，他们的生活势必急转直下……

一切，会变成什么样呢？

他真的能靠精神病脱罪吗？分尸之后不会被警察发现吗？

楼道里传来电梯的停留声，叶之舟觉得一颗心已经扎到了嗓子眼儿，他紧盯着大门的方向，生怕下一秒就会有敲门声响起。

所幸，电梯向下运行了，机械声渐小，最后耳边只剩下窗外的风雨声和屋里的音乐声。

叶之舟的心脏重新回到胸腔，血液回流，他揉了揉麻木的双腿，准备关掉陈新凯的音响。

叶之桥察觉，朝他摇头："晚上再关，你走之后，设置半小时定时关闭。"

"好……"他木讷地答，嗓音沙哑。看着哥哥额角越来越多的汗珠，他干涩地咽了下口水。

叶之桥将陈新凯的尸块装进行李箱，又买了张最近的大巴车票去邻市"度假"，而叶之舟则按照他的吩咐，回家后制造了一起小规模的停电事故，时值深夜，物业修理花了点时间，足够给陈新凯的"失踪"一个想象的空间了。

凌晨，叶之舟接到了哥哥的电话："我在附近找了个农家歇下了,行李箱已经在附近烧毁了。你醒后要照常去工作室录音,如常和安安见面,这几天警察要是找上门,就按我说的交代。"

叶之桥的声音在静谧的夜里,成了安定叶之舟的力量。

叶之舟挂了电话,准备去浴室冲个澡,忽然,一阵急促的敲门声响起,原本平静下去的心又在这一瞬间悬了起来。

"你是从什么时候开始抽烟的?"

"我没有抽烟的习惯。"余洋回道,表情真挚不似作假。

"你解释一下,为什么会签叶之舟的名字?"审讯桌上不仅有他在便利店买烟的记录,还有他刷过卡的购物小票。

余洋眼神一顿,又飞快抬起眼皮,带着认命的口气:"我……变成叶之舟了。"

"不对。"隔着一道单向玻璃听了半天的杨超甩甩头。

虽然根据目前掌握的证据,余洋极有可能因精神分裂成了叶之舟而杀人,很多事在这个前提条件下也都能解释通了,可杨超总觉得哪里不对。

"我们搜集的证据全部成了余洋患有精神问题的佐证,案件一步步的推动看似是警方主动,却像是被牵着走,我要亲自审。"

杨超匆匆走出候审室,跟等在外面的林毅打了个照面。

"不是让你回避一下？"他皱眉。

"杨队，我知道规矩，我只是……对不起……我只是太了解余洋了，他不可能杀人！这案子我一定要查清楚到底怎么回事。"

"我知道你俩的关系，但死者父亲是程建业，死者本人也是公众人物，现在上上下下都关心着这案子，郑局已经亲自接手了。况且……他自己也认了罪……你情绪上难以接受我理解，但是，得避避嫌。"

余洋被审了多久，林毅就在门口等了多久，却依然对屋内的状况一无所知。几次都急得恨不得冲进去，好不容易碰到了能说上话的人，哪能这么轻易被劝退。

他拉住杨超："这案子没那么简单，一定有隐情！杨队，余洋可是个平时对阿猫阿狗都仁慈的家伙，他怎么可能杀人！"

案子可能另有隐情，这一点杨超有同感，可他跟林毅的想法却不一样，只能安慰："哎……现在媒体和群众的目光都对着我们，你不能参与进来落人口实。你不信朋友会杀人，总得信咱队里兄弟查案的本事吧，如果真的与他无关，我们会给他清白的。"

林毅还要继续说，却被杨超按住了肩膀。

"如果你想起什么跟嫌疑人有关的信息要补充，随时来找我。"他知道这个愣头小子现在听不进去，可该说的话还是要说，"感情会影响你的判断，局里不让你参与，也是为你好。"

林毅神色复杂地回视着他："杨队，我再说最后一句……"他有些哽咽，"余洋从小过得就很苦，但是再苦也没走过一次弯路，没动过一次歪脑筋，那些最可怕的日子都熬过来了，他不会在这种时候情绪失控……他比我认识的所有人都坚强,所以……"

"我知道了,"杨超知道他为了这个案子几晚都没合眼,以往总是喜形于色的人如今像是没了气的皮球,气色很差,"这阵子你好好休息一下吧,当给自己放个假。"

他朝楼道里一字排开的刑侦一队队员们抬手示意:"陪你们林哥出去跑两圈。"

杨超推开审讯室的门,年轻的警察在他的示意下走出来。

"怎么样?"两人站在门口,杨超从虚掩的门缝里看着余洋的侧脸,他还是那副认命的表情。

"他坚称自己是在精神分裂的状态下杀了人。"

按照余洋的说法,他因程诚的压迫和刺激,在极度的精神压力下出现幻觉,犯病时一度以为自己是小说里的主人公叶之舟。

杨超看着年轻警察递来的笔录,眸色渐深。

"现在回想起来,其实到达程诚的别墅时,他的状态就已经很奇怪了,跟平时完全不一样。他看到我没有立刻赶我出去,也没有威胁我的举动,整个人晕晕乎乎的,如果当时我察觉到这种变化,一定不会把他当成陈新凯。可我没有意识到,当时心里只有一个目标,就是找到陈新凯跟踪自己的证据。"

杨超看着笔录上的"证据"二字,顿了下,问道:"现场的证物怎么样,检测结果出来了吗?"

"是的,死者是在注射过毒品的情况下与他发生的争执,这就不难解释为什么几乎没有还手之力了。这么来看,嫌疑人应该没有撒谎。"

杨超点头,从程诚家里搜出的证据和他本人的手机记录来看,这个别墅可以说是他藏匿毒品的一处窝点,附近的监控都被破坏了,不排除是程诚刻意为之。

人前是光鲜亮丽的商界精英,人后是害人害己的瘾君子,如今不只是官方媒体十分关注,连网络论坛上各种不着边际的帖子也写得玄之又玄。

杨超接着看笔录。

"他一直在刺激我,说一些很难听的话,房间里反复播放的音乐也让我十分恼怒,我来到'暗房'查看照片,跟他发生了第一次争执,拉扯间他滚下楼梯,我看到他头部摔伤了,流了很多血,可他仿佛没有痛觉一般,只呻吟了一会儿就从地上爬起来,去厨房拿了水果刀,一直喊着我今天逃不掉了。他像魔鬼,一路踩着音乐的节奏重新走上楼梯,血滴得到处都是。"

杨超跟着笔录叙述,进入了眼前这位作家的现场还原之中,似乎陪着他与死神擦肩而过:"他走回二楼,步步紧逼,直到我躲无可躲。他挥刀刺向我,我用右手臂去挡,生生挨了一刀才找到机会反扑。当时……我心里只有一个声音,那就是……如果我想过回正常人的生活,他就必须得死。等我反应过来的时候……刀已经插在他的腹部了。"看到这儿,杨超的眼睛眯了一下,"确定他死了,是因为他身下的血越来越多,胸膛不再有起伏,但他还睁着眼睛,嘴角带着笑,一直盯着我看,我害怕极了,只能打电话给余海,我以为他会像小说里的叶之桥帮叶之舟清理现场一样,帮我瞒天过海……"

杨超合上笔录,揉着自己的太阳穴,这确实解释了为什么嫌疑人在杀人之后会打电话给完全帮不上忙的精神病哥哥,而余海后来又为什么会出现在案发现场。

可是……

几次审讯里,除了一些细枝末节的差异,杀人过程的描述都十分一致,按说是非常完美的自白了,杨超却很是疑惑,他不知道这位悬疑小说家是不是拥有极强的反侦查能力,知道什么地方该模糊,什么时候该把核心问题交代得很清楚。

"杨队,"年轻的警察给他倒了一杯温水,"休息会儿吧,目前看来这个余洋应该就是凶手了,他的描述跟现场情况都吻合了。"

"确认一下程诚的死亡时间,把在这前后出入程家的人都查出来。"

最近,程烨每天都从噩梦中醒来。

好像整个人陷入了一大块吸饱水的海绵中,何处都找不到支点,何处都使不上劲,在令人窒息的无助和痛苦中沉溺,她极度渴求能有人伸手拉她一把。

可是没有了。

最有可能救她的人不在身边。

"程烨?"江瑾叫了三遍她的名字,才把她的思绪拉回来。

正是下午三四点的光景,江瑾办公室里的百叶窗透着光,在墙上留下一道道规律的影子。

程烨的目光微滞，额前刘海儿凌乱。

"你相信我，好吗？"江瑾尽量让自己的语气保持专业，她本是程烨最好的闺密，可此刻是治疗她 PTSD 的主治医生。

程烨应了一声，却并没有放松多少，双手依然抓着座椅两侧的把手，肩膀僵直。

江瑾把她的动作收入眼底，几不可闻地叹了口气："程烨……案件还在调查当中，我知道对你来说，接受治疗非常困难……"

越过办公桌，江瑾走到程烨身后，把手搭在她的肩膀上轻轻抚摸："我完全能理解你现在的心情，不过，请你把自己放心交给我，好吗？"

程烨的肩膀终于有了松动的痕迹，情绪也打开一个小小的闸口："江瑾……我不想回程家，也不知道该去哪里。"她的眼睛早就哭肿了，眼下也泛着没有休息好的青黑，疲态一览无遗。

江瑾轻轻把程烨拢入怀里，女孩的声音从她胸口传来。

"如果真的是余洋杀了程诚，那都是因为我，都怪我啊！是我把他牵扯进来，是我害了他！他明明可以有更好的人生，他那么努力写了新的小说，眼看着就要成功了！都是因为我啊……"

程烨哭得上气不接下气，江瑾给她递了纸巾，又赶忙帮她顺气："发生这件事是由很多原因造成的，你不要归罪给自己，而且现在还没有结案不是吗？即使余洋自首，也一定是事出有因，我们等等看警方的结论吧，好吗？"

江瑾与余洋接触过几次，她也无法想象那个待人亲切和善的大男孩会举刀杀人。见程烨哭得累了，江瑾扶她在沙发上躺下，点了一支舒缓情绪的精油蜡烛,哄着她闭目养神。

她像是在给小朋友讲睡前故事一样,声线轻柔:"你知道有个心理学理论叫'艾宾浩斯遗忘曲线'吗?"她想帮程烨转移一些注意力,只好拿出自己专业的知识,"人的记忆是有规律可循的,记忆力是一条向下的曲线,无论是什么事情,只要你不重复去想,都会逐渐被淡忘。事情已经发生了,是无法挽回的,你现在需要做的是学会不记起,直到这件事成为那条无限趋近于零的曲线。"

原本已经不再落泪的程烨,听到这儿,翻过身,双手揪紧了身上的薄毯,痛哭出声。

江瑾不知道自己说错了什么:"这又怎么了?我的大小姐,不哭了啊,不哭了。"

"我……我知道……"程烨的眼皮叠了好几层,哭得发疼,也不太顾忌,随意抹了一把,"余洋……余洋跟我说过这个,他还说遇到我之后,从前吃过苦的记忆,都忘记了,都被与我在一起的幸福记忆更新了……"

她把头埋进江瑾的肩膀,声音嗡嗡的:"他那么好的一个人……"

江瑾轻拍程烨后背的手慢了下来,一个不可思议的想法席卷了她的大脑,而怀里的女孩一无所觉。

"小烨,我……还有些工作上的事要处理,你按我教你的方法调整一下自己的呼吸,放松一会儿,我处理完回来陪你吃午饭。"

林毅接到江瑾的电话后就匆忙赶到了餐厅,此刻正是午饭的点儿,人满为患,可他还是一眼在人群里认出了侧分着长发,气场强大的她。

江瑾已经点了两杯咖啡在等他,看得出来,她没有打算久坐。

"谢谢你抽空出来……"江瑾语气压得很低。

再次见面的原因跟上次差别太大,两个人都有些尴尬和伤感。看着林毅的手在白瓷杯上流连,却没有喝的意思,她才想起他和余洋一样,是不喜欢喝咖啡的。

江瑾伸手把他没碰过的那杯咖啡端到自己面前:"我忘了你不喝咖啡,你再点一杯别的吧。"

"没说不喝啊!"林毅连忙抢回自己的杯子,仰头喝了一大口,五官立刻皱在了一起,"还真不该喝,这咖啡是真苦啊!"

"瞎逞什么强啊,喝不了就算了。"看到他这副不着边际的样子,江瑾没忍住撑了一句。

一时之间,竟有点回到了旧时的气氛。

林毅不服:"这不是喝了嘛!再说……你喝两杯,晚上还睡不睡了啊!"他的语气有点暧昧,怕她反感,立刻补了一句,"最近你应该也很……不好过吧?"

他眼里关心满满,江瑾躲开他的视线,把刚到嘴边的埋汰话咽了回去。

"说正事……"她犹豫着开口,"我这两天在给程烨做治疗……我听她说,余洋对心理学也有了解,这你知道吗?"

"心理学?我也了解啊!"林毅怕她是要问案情进展,别说自己不知道了,就算是知道也不方便透露,只好顾左右而言他,伸手招呼服务员又要了一份菜单,"都说医者不自医,你心里有什么问题,我帮你解决解决?"

江瑾翻了一个白眼给他,顿时林毅又恢复了嬉皮笑脸:"嘿嘿,饿不饿,我们点个比萨?"

江瑾摇头:"不了,我没时间,程烨还在我那儿。我来找你,是想跟你说……我觉得余洋既然喜欢心理学……"

林毅没有让她继续说下去,把手里的菜单递给她,打岔道:"再忙也要吃饭啊,程烨要吃饭,你也得吃啊!你想尝尝焗蜗牛吗?我还没尝过呢,这么大的蜗牛我还是头一次见,我不敢……"

"啪。"江瑾把菜单反扣到桌面上。

"我和你说正经事呢!"

气氛十分糟糕,服务生客气地说了句"您先慢慢看",就识趣地走开了。

江瑾意识到自己有些严肃了,缓了口气:"我是觉得……一个熟知心理学知识的人,不可能没有一早发现自己精神出状况了……"

林毅在桌上无意识轻叩的手指顿了一下,随后眼角又挂上漫不经心的笑意:"这能说明什么啊……你啊,别乱想,查案是我们警察的事。"

"你不觉得蹊跷吗?以你对余洋的了解,他如果早就有精神方面的问题,你会没有察觉吗?他会直到酿成惨剧后才察觉吗?"

"江瑾!"林毅神色冷下来,"不要瞎猜,你不了解余洋。"

"才不是无端猜测,我只是觉得奇怪。"看着林毅阴沉的面色,江瑾在心里叹了口气，也罢，她今天根本就不应该找他出来。

她站起身，拿上自己的包，一副话不投机要走人的架势。

"怎么还生气了？"林毅拉着江瑾坐下，"你说的我明白，我有自己的判断。"

江瑾看林毅的眼神不似作假，便就此作罢，两人心照不宣地都没再提起案子，沉默地应付了一顿饭，味同嚼蜡。

跟江瑾会面结束，林毅心里十分不畅快，他不了解江瑾的专业，可也不完全认同她的猜测。

每个人都从自己的角度评判这件事，反而让真相显得更混沌了。

一队的办公区几乎没人驻守了，杨超暂代着林毅的队长之职，此时正独自对着白板上的人物关系图愁眉紧锁。

他经手过的刑事案件无数，有着神准的直觉，因此在警局里被大家戏称"谋面鬼才"，意指他看一眼嫌疑人的面相，就能判断出是不是真凶。虽然传得玄乎了些，但没人会否认他的办案能力。

白板上，余洋与程诚的照片并排，下方还有两张照片，分别是当前一队调查的一位物理老师和二队揪着不放的报案人小李。

两支队伍办案风格完全不同。

一队跟余洋有些交情，知道他被怀疑，个个都有些愤懑，查案多半都抱着想要为他证明什么的心态；二队大都更理性些，认为凶手是前来自首的余洋的可能性较大，调查小李也是常规流程。

也是因此，一队中有几位熬了好几个大夜，硬是排查了网站上所有可疑的小说读者，还真让他们查出来一些先前未曾注意到的嫌疑人。

同样翻来覆去看了几十个小时的小说访客记录的林毅，也从不少留言偏激、账号诡异，可能有嫌疑的读者中，留意到了一个ID为"绎"的人。

"林队，你想怎么查？"刑侦一队的几个兄弟一早就来林毅家报到了，这会儿围坐在客厅。只等他一声令下。

"查什么查！都给我回家去！"林毅没好气。

他为余洋违纪，是因为十几年的情谊，其他队员跟余洋虽然有交情，可犯不上陪他冒险。何况一队如今有杨超坐镇，于情于理，他们来他家里这一趟终是不该。

几人互相看看脸色，都没动。

"走走走，都给我走！"林毅开始撵人了，"杨队怎么安排的就怎么查！其他人用不着都扑在这个案子上。"他记得队友早就该休假的。

"哥！"这回，他们连"队长"也不叫了，挤在门口不愿散去，"你不让我们插手，我们明白，那你看……我们来你家聚餐，很可能就说了什么不该说的。"

为首的队员一开口，其余几人立马反应过来，纷纷应和。

"对对，我们这两天啊，在研究一起网络犯罪。通过犯人的ID锁定了一位市二中的物理老师，姓言，你说，这物理老师也喜欢看小说哈……"

"可不是,"另一位接话,"明天二中期末考试,大后天就放寒假了,可不得囤点在家看吗?"

"行了……"林毅低声打断。

他查得到,他们当然也查得到,甚至因为职务之便,比他掌握的信息更多。林毅看着几个人的黑眼圈,心里很不是滋味。不是没想过让他们帮忙,一队的侦查实力他最清楚不过,能参与进来一定事半功倍。

然而想到后果,他还是决定靠自己。

"今天的聚餐结束了,"他侧头回看,客厅的茶几上留了一个档案袋,除此之外空空如也,他连一杯水都没来得及给他们倒,"该忙什么忙什么去,我……"

说"谢谢"太见外,损他们的话又说不出。

"我不留你们吃饭了,有约。"林毅撇撇嘴。

几人被林毅"赶"出家门,慢吞吞地排队下楼。

"二队应该还在跟小李死磕,不过估计也再问不出什么有用的信息了!"几个人下楼梯还不忘"汇报"二队的进度,交谈的声音还在楼道里游荡,尾音划过林毅心上,惹得他鼻尖发痒。

"杨队!"二队队长唐小天走进会议室,给杨超递上一沓文件,"耽误您一些时间,我汇报下小李的情况。"

杨超颔首,唐小天拿起桌上红色的记号笔,在小李的照片下方画了一个问号。

"作为程诚死亡的报案人,也是他的助理,小李最初接受讯问时就交代了当日的情形,他到达现场的时间、拨打报警电话的时间、案发时的不在场证明都与我们的调查一致,同时他也主动交代出了程诚吸毒的犯罪事实。"

唐小天的话让杨超回忆起初次见到小李时的画面,那时他坐在审讯室里声泪俱下,一方面表达着对于程诚死亡的伤心,一方面又忏悔着自己没有早点阻止及举报他涉毒的行为。

看上去很像为步入歧途的雇主惋惜,又像是颇有苦衷的正义青年,可是话里话外都把自己择得干干净净,而把程诚塑造成了一个蛮横专制不听劝的霸总形象。

唐小天继续说:"死者程诚没有亲近的朋友,大都是商场上的泛泛之交,小李是他生前关系最密切的人,算是左膀右臂。根据他自己交代,程诚对他极为信任,几乎无所顾忌,所以小李才能提供给我们他涉毒、涉黑、诈骗的直接证据,但是,他并非表现出来的那样对程诚的死亡感到那么痛苦……"

杨超翻看着手上的资料,赞同道:"所以说,从这些资料收集的完整度和时间上来看……这个小李早就在搜集程诚的犯罪证据了,他之所以有这么确凿的证据都没有报警,不是因为什么深情厚谊,只不过……"

唐小天接过话:"只不过是留着把柄。"

杨超:"是的,这种人偷奸耍滑惯了,做事不会不给自己留后手。"

早在第一轮侦查时,杨超就已经在心里给小李下了这样的定义。

以程诚的个性来说，他不会在身边放一个正义感爆棚随时可能举报自己的定时炸弹，他要的左膀右臂，定然是能帮他把商场上的腌臜事处理得游刃有余的，且有着很好把控的弱点。

要么贪钱，要么图利，要么跟自己一样湿了鞋，谁都不干净。

总之绝无可能是小李演出来的那个样子。

唐小天眼睛一亮，觉得自己怀疑的方向对了："杨队，你跟我想得一样吗？"

杨超："你是想说，他既然有把柄，程诚若是知道了一定不会放过他，这样一来，两人都有了想要致对方于死地的动机。"

唐小天："对的！所以我们重点排查了小李的情况！根据法医推测，程诚的死亡时间是1月14日晚8点左右，而当日最后一个离开他家的，就是这家伙！很有可能他在杀害程诚之后，又装作不知情重回现场假意报案……"

杨超挥手打断他的妄下定论："他有问题，但……"

"杨队，他真的有很大的嫌疑。"唐小天不甘心，他的视线瞥向审讯室的方向，那里面，小李还在"配合调查"。

"他先前闭口不谈1月14日去过程诚私人别墅的事，在我们拿出证据之后，才含混带过。我们调查了他的银行流水，他离开后不久，账户就收到了一笔来自海外的汇款，我们有理由怀疑他是拿着犯罪证据威胁了程诚，导致二人矛盾升级后痛下杀手。"

"海外账户查了吗？"

"在查了，很快会有结果。"

杨超依然挥手："假设账户就是程诚的，小李的目的是要钱，那么已经拿到了，为什么还要多此一举地杀人？"

唐小天："也许是程诚先动的手呢？小李出于自卫……"

"不对，他离开现场时还未到案发时间，已经拿到钱再返回现场杀人的可能性不大，再加上……小李与余洋并无过多交集，这无法解释余洋为什么要自首。"

唐小天没忍住，一巴掌拍向白板上余洋的照片："杨队，不是我说，这个余洋的话能信吗？什么自首，我看他就是来添乱的！还人格分裂杀人，神神叨叨的！"

"比起小李，余洋的犯罪动机更明确，虽然他身上还有很多说不通的地方，但是我认为程诚的死跟他的关系更大。你处理更多刑事案件就会知道，小李这种人谄上骄下、恃势凌人，可往往并没有杀人的胆子。"

"可……"

"我问你，小李还交代了什么？"

"没有了，只是强调程诚为人霸道，极力撇清自己案发当天与他争吵的事，说他易怒，对越是亲近的人越容易发脾气，疯起来连他爸程建业都不放在眼里，就是不承认自己威胁过程诚。"

"杨队，唐队，打扰一下。"会议室外，二队的小邹敲了敲门，得到许可之后小心翼翼探进头来，"海外账户的信息查到了。"

他有点抱歉地看向唐小天："不是程诚的，账户属于程建业。"

杨超与唐小天对视："查！"

唐小天得令，一边安排人询问小李关于程家父子的关系，一边决定带人亲自去一趟程家大宅。

雪停了。

正午的光线落在白色的树梢上，风一吹，扬起一层金光，又扑在二中校门口的光荣榜上。

林毅裹着羽绒服，帽子、围巾一应俱全，只露着眼睛，紧紧盯着榜上的照片。

优秀校友那一栏有程诚，他的照片被放在最醒目的位置，还有个熟面孔，前阵子刚被抓，简介里写的是作家。

林毅呼了口白气，手脚都已经冻得冰凉。

"这光荣榜，可不咋光荣啊。"他喃喃自语。

下课铃声响起不久，上午的考试结束了，学生们鱼贯而出。林毅不再分神，对着学校大门目不斜视。

他不方便直接进学校找那位物理老师，只能蹲守，委实考验眼神。

十五分钟过去，认错了两位男老师，林毅有些泄气，既不知道自己这个方向找得对不对，又不知道是否会无功而返。

原本今日此行只是为了找线索，他并不觉得物理老师是真凶，否则怎么会留下这么明显的访客痕迹等着被查到？况且，他又是出于什么原因原封不动地复制小说中的杀人情节来给自己平添嫌疑，这太不合理了……

正想着，校门口主路上驶来一辆警车，红蓝色车灯和响亮的警笛声引得学生纷纷侧目。一队的兄弟默契地给了林毅率先问话的时间，应当不是他们。

面前经过一个穿着黑色外套，推着自行车的男人，他深埋着头有些慌张，脚下一滑，险些摔倒。

"没事吧？"林毅扶住他，一跟他对上眼，赫然发现就是自己要找的人！

"言绎老师，"林毅小声说，"我是咱们市缉毒大队的林怀光，方便聊两句吗？"不方便直接以自己的名义问话，林毅借了自家老爸的名头。

哪知道物理老师听完他的话，手一松，车把一歪摔在地下，自行车也不要了，转身就跑。

难不成还真是他？

林毅原本腿脚有些冻僵了，这下也顾不得热身，飞速朝前方身影追去。

这孙子绝对犯事儿了，听到警笛就发虚，报了家门他就跑。林毅喘着粗气，一把扯下碍事的围巾甩在路边的槐树梢上，脚底生风。

路有点滑，物理老师时不时回头看，起初以为甩开了追踪，谁知道林毅看着有点胖，实际上灵活得很，还一边追一边喊他的名字，这么一会儿工夫，很多他教过的学生都跟着喊："言老师，后面有人叫你。"

言绎又气又恼，左窜右窜，最后还是没跑了，在路口的便利店门口被林毅抓住。

林毅没有当着学生的面太过粗鲁，而是伸手勒过言绎的脖子，小声道："言老师，为人师表，给你个面子，你也不希望我在这儿用手铐吧？"天知道林毅的手铐都被收回去了。

言绎刚想挣扎，看着经过的学生，放弃了。

林毅就这么拽着他的衣领进了便利店，买了两瓶矿泉水，递给他一瓶，自顾自喝下几口："挺能跑啊你，说说，跑什么呢？"

这下，轮到言绎疑惑了，敢情这位警官并不是掌握了什么证据来抓自己的？他连自己为什么跑都不知道？

他一双眼睛滴溜溜转，看得林毅直想笑。

"我这是给你机会呢，"林毅解了渴，也匀过气了，"我先说，就是给你定罪了，你先说，就是有自首情节，这差异可大了，懂吗？"

言绎微微点头。

"嗯，看来你最近买的那些刑侦犯罪小说没有白看。"

言绎睁大了眼睛，没想到警方查得这么细。

他有些沮丧地垂下头，艰涩地开口："苏尧和程诚的事，我是碰巧知道的，那天不是同学聚会吗……我见他跟苏尧两个去了包厢，也想搭句话，但是他看不起我们这种普通人，秘书根本不让我靠近。"

林毅听着完全不在他意料范围内的事，不动声色地打开了手机录音的功能，顺便给一队的警员发了条信息："来三七便利店，帮我捎个人。"

言绎见林毅也不催促，拧开矿泉水润了润嗓子，继续道："我就在那层楼等着，就想啊……程诚这个人看不起我们，但是他都一视同仁啊，凭啥就看得起苏尧呢？我就想等程诚走了，去问问苏尧是怎么攀上关系的。"

"然后?"林毅饶有兴致地问。

"然后程诚走了,我就去包厢找苏尧,我才知道,才知道他们……都吸那玩意儿……"言绎表情很是懊恼,"我那天就不该去啊!警官,我不是故意包庇的,你相信我。"

"我听你这话的意思……你刚才跑那么快,是因为怕知情不报被抓?"林毅冷笑,"我再说一遍,罪行是你先交代还是我先说出来,性质完全不一样。你想清楚,是在这里舒舒服服坦白,还是跟我回局里,同样是配合调查,后者可是会留案底的。"

言绎辨不得他话里的真假,但见他神色与之前大不一样了,背后冒出一层冷汗。

"你以为我平白无故来学校堵你?"林毅眼神犀利地盯着他。

言绎有些发虚,猜测警察是真的查到自己头上了,难怪都要出动警车了,他想了想,还是决定交代:"那天,我……我……我知道了苏尧答应帮程诚诬陷一个作者的事,两人想合伙搞黄他的新书……"

林毅已经把手里的空瓶捏扁了,压抑着胸腔里的怒火:"你跟苏尧关系很好吗?这种事他为什么要告诉你?"

便利店不时有学生来买零食,路过都要叫一声老师,言绎靠在汽水冰箱前,不停流汗。

"一个宿舍的,问啥说啥。"

"接着说。"

"我……我最近手头需要点钱,程诚那么有钱,对他来说就是动动手指的事。"

"所以，你拿这个消息去威胁程诚？"林毅又从冰箱里拿出一罐可乐，想让冰凉的液体压住几乎要蹿出来的火气。

言绎深吸一口气："哪里算得上威胁，我想了好久才鼓起勇气去找了程诚，结果没说两句话就被他从会所里赶出来了，他根本不当一回事。"

这倒是在林毅的预料之中。

以程诚的路数，哪怕诬陷余洋的证据被人确凿地摆在眼前，他也不会皱一下眉头，何况言绎全凭一张嘴。

"你是哪一天去找的程诚？"

言绎打开手机里的打车记录给林毅看："这应该是……出事前一周多。"

"程诚是怎么拒绝你的？"林毅看了眼手机，记住了会所的名字。

言绎一五一十地回："很敷衍啊，甚至没有让我把话说完，他说我要是有什么惊天的秘密，直接卖给小报杂志还能挣二百块钱稿费……哎，他根本没把我当回事，心思都在他妹妹身上。"

妹妹？那不就是程烨。

林毅的思绪越来越混乱。

今天的信息量太大，比他之前掌握的细节多得多，一直以来，警方的侦查方向都以余洋为主，并没有怀疑到程诚身边其他人的身上。

一是没有作案动机，二是都有不在场证明。

林毅记得很清楚，程诚出事之前那几天，程烨都乖乖待在家里，有养父母和保姆做证。

那么言绎在会所看到的"妹妹"又是谁呢？

一队的警车已经停在路口，其中一位警员看到了林毅，挥手示意。

林毅和言绎前后脚走出便利店。

"我都交代完了啊……"言绎小声嘟囔。

"林队，捎谁啊？"

"他。"林毅推了言绎一把，嘱咐道，"去缉毒大队，给他做个尿检。"

"你！"言绎的后半句话堪堪卡在口中，他看到林毅眼神发冷。

"你说得对，碰了那玩意儿的人都会变得丧心病狂。"

警车离开了，林毅点了根烟朝反方向走去，他得拿回挂在树梢上的围巾，那还是某一年生日余洋送给他的。

"警官，上回你们来的时候我就说过了，先生、太太和小姐那几日都在家，三餐也都是在家里用的，我说的都是真的啊！"保姆有些着急，额上都是汗，似乎对警察不相信自己反复的询问感到焦虑。

唐小天查案向来单刀直入，不管对方是什么豪门背景，只问："程先生最后一次与程诚发生争执，是什么时候？"

程建业眉头一皱就要喊律师，程太太却尖着嗓子哭起来："你什么意思？你怎么说话呢！我儿子才刚刚出事，我们一家都非常痛苦,你现在这样问难道是怀疑我先生?我可以投诉你的!"

她哭得凄惨,频频停下喘气,看上去有些摇摇欲坠,随时都要昏倒。

唐小天面不改色:"我们就是为了给您刚刚出事的儿子找出真凶,请配合我们的调查。"

程建业起身要走:"该说的我都说过了,其他跟案子无关的,我也无可奉告。有问题你们直接跟我的律师沟通吧!你也看到了,我太太受到的打击非常大,没办法再面对你们……"

"那您呢?"唐小天也跟着他起身,"痛失爱子,还是您唯一的继承人,您看上去可没怎么受打击。"

他语气不善,同行的小邹都有些尴尬,可程建业却一反常态没计较:"年轻人,等你到了我这个年纪就会知道,不是什么情绪都要挂在脸上的,我还有很多事要处理,是你……这种人想象不到的,我没有太多时间崩溃。"

"的确。"唐小天扯了个笑,"我这种人还不能理解为什么父亲会在儿子身边安插眼线。"

他走到程建业面前:"小李都交代了,案发当日他收到的那笔钱是你给的,因为他要帮你盯着程诚,他递交的那份程诚的犯罪证据,其中的日期甚至早于他入职的时间,应该也是你的手笔吧?你又是为了什么?总不能是为了劝儿子从良吧?"

"你说什么?"

比程建业更震惊的,是坐在他身后的程太太。

她一手捂着胸口,不可思议地瞪着程建业:"你怎么回事?

阿诚之前跟你吵架时我还当是他不懂事，不懂得你这个当爸的良苦用心，原来他说的都是真的！"

唐小天乘胜追击："程太太，程诚可有说过些什么？吵架的内容又是什么？"

"哼，"程太太冷笑，"这就是我们的家务事了。"可她的眼神已经从方才的无助，变成了熊熊怒火烧向程建业。

只是，父亲和儿子再怎么分裂，她也不会摆在台面上给别人看，遑论现在警察还在怀疑程建业。

"我还有个疑问，现在看，您身体没什么大碍，公司发展也很平稳，怎么就突然退位，把实权交给了当时经验还不多的儿子？而且……还是董事会全票通过的决议？"

这是先前警察去公司以及在小李的口供里得到的信息，原本以为没什么太大的作用，如今串联起来，却构成了一个"太子逼宫"的故事。

唐小天善用激将法，还要开口，却被小邹拉住了。

再说下去两人也不会承认，场面只会更难堪。

"请问，"小邹的视线转向保姆，"程烨在吗？能否叫她出来配合下我们的调查呢？"

"小姐不在，出事之后就没回来过。"

"那……你们知道她去哪儿了吗？"根据调查，程烨名下没有其他住址。

"谁知道她死哪儿去了！"程太太也坐不住了，"阿姨，送客！"

保姆尴尬地陪着两位警察走向玄关，唐小天却瞥着墙上巨大的全家福若有所思。

"程诚跟程烨也经常吵架吗?"

保姆迟疑了一会儿,还是老实回答:"以前不会,小姐从来不敢,但是最近……"

"阿姨,"程建业威严的声音传来,"陪太太上楼去休息。"

"好的先生!"她抱歉地看向唐小天,小声飞快说了一句,"小姐她……真的很可怜。"

"先生不好意思,私人会所您不能进。"

林毅觉得这门口保安的严格程度堪比狱警了。

吃了闭门羹,又苦于不能直接亮身份,一队的人还被他支开去查物理老师了,林毅想了想干脆躲到巷子里打电话报了警,谎称这里有毒品交易。

他跟着林怀光耳濡目染不少相关案件,随意丢几个名字出去,相信就能引起重视。

果不其然,没一会儿临检的警察就来了,还出动了三辆警车。

林毅硬着头皮跟缉毒大队的前辈打了招呼:"叔,我接到线人消息,说这里是个藏毒据点,跟你们进去瞅瞅?我线人消息可靠。"

他只字不提自己现在被禁止查案的事。

被叫"叔"的老警员是林怀光的老搭档,这么多年把林毅当自家孩子看待,自然没起疑心,摘下帽子直入会所。

警察临检,所有人都集合到了大厅里。

林毅在女工作人员的队伍里挨个找着，想看看有没有符合特征的——跟程烨很像的那个妹妹。

可找了半天，这些女人在林毅眼里，个个都不像程烨。

"叔，你们先查着，我去监控室看看。"

林毅让值班经理调出了监控，看到了那天被程诚搂在怀里的陪酒女，她的年纪跟程烨不相上下。

"应该是了。"他朝老警察道，"叔，能带回你们队里问话吗？"

老警察拍拍林毅的后背："你就在这里问。"他指着方才和林毅说话的那个包厢，"进去问，我们在外头等着，在这儿问话，跟局里效果不一样。"

被叫出来的女孩跟林毅一起进了包厢，观察了半天后，心里有了些判断，不等林毅开口，她率先问道："你不是警察吧？"

他跟其他人都不太一样，而且这做派也不像是正规流程啊……

林毅没时间废话，给她看了一眼程诚的照片，问："认识吧？"

女孩见他没有回答自己的意思，马马虎虎看了一眼："不认识。"

"仔细看看。"林毅压低了声音。

"说了不认识，干什么啊您这是？"陪酒女满脸不屑，实在叫人牙根痒痒。

门外是一群出了警却没查到什么线索的同事，屋内的人被监控拍到了还不承认，林毅强压了一天的愤怒再也止不住。

"我没心情跟你兜圈子！给我老实交代！"他鲜少有震怒到嘶吼的程度，还狠狠一掌拍在了包厢的玻璃桌面上。

女孩被吓到，强装着镇静，可声音里的颤抖却暴露了她的慌张:"嚷什么啊,会所每天来来往往那么多人,我怎么可能记得住每张脸?"

林毅耽视着女孩,一个表情都没有放过。

外面这个阵仗,加上自己的吓唬,她年纪轻轻却没有露出惊吓的神色,是不是能解读为她见惯了各种场面,或许还曾有很了不得的靠山?

林毅活动了一下肩颈,一屁股在沙发上坐下来,顺手开了两瓶啤酒,递给女孩一瓶,跟今日在便利店的动作如出一辙。

"坐。你猜得对,我不是警察,我搞这一出是为了给别人看。"

女孩露出一副"我就知道"的表情,顺从地坐下来,喝了一口啤酒,接话:"给谁看啊?"

"你知道程诚死了吧?"

"你继续说。"这会儿她倒是不否认了。

"我是他爸那边的人。"林毅说完,从包厢的镜子里窥视着她的反应。

女孩坐直了身子,比见到警察还紧张:"你能让警察帮你办事?"

林毅给了她一个意味深长的眼神,岔开话题:"我老板让我查真凶。"

他不急着编故事,免得女孩看出端倪。

"程老板的意思是,真凶在会所里?"

"我不是来回答你问题的,而且,你知道得越少越好。"林毅放下啤酒,"跟我说说你们最后一次见面的那个局。"

他假意帮她回忆了一下:"那天除了苏尧,还有个同学来找他?"

女孩蹙眉想了想:"我不知道那是不是他的同学,但确实有个不识相的被赶出去了,我还是第一回见有人胆子这么大,还敢威胁他。哥,你该不会是怀疑他?"

"怎么,我不能怀疑他?"

"不是,我就是觉得你要是见着他了,就能明白我的意思了,就那样的,顶多占占小便宜,哪有杀人的胆子,窝窝囊囊的。"

林毅听着,有些能明白老警察让自己在这里问话的用意了。

这些事,到了警局她定不会这样说出来。

他又给女孩开了瓶酒,不过这次就没那么好说话了:"我坦白告诉你,老板让我查真凶,查不到我可没有好下场,我不好,大家都别想好过。"

女孩放下了酒瓶:"你什么意思?"

"妹妹,你可得帮我仔细回忆回忆那天的事,"林毅打了个酒嗝,忽然想起往日里每次打嗝之后都会被余洋笑,内心一阵绞痛,不想再演了,"一点细节都别放过。"

他的指甲点着桌面,发出催促的声音。

"那天就是很平常的一个局,我要是知道什么,早就跟程老板汇报了。"陪酒女点了支烟,眼里尽是不合时宜的妩媚。

林毅怒极反笑:"你知道我查不出凶手走投无路的时候会怎么办吗?"

陪酒女抬了抬眼皮。

"找个替罪羊。"林毅看着陪酒女,语气坚定地说。

虽然是一通瞎扯,可是足够震慑住对面的人了。

"你要不……去问问另一个人。"女孩咽了咽口水,"程总有个很奇怪的趣味,要我……穿校服,还……给我起名字,叫我……"

"程烨。"林毅将信将疑地替她说出来。

"犯罪现场的房门和窗户都没有被撬动的痕迹,说明凶手不是强行入侵,很可能与受害者相识,是后者主动开的门,或是凶手知道大门的密码。"

"行凶后,凶手十分冷静地处理了现场,说明不是激情犯罪,且凶手很有可能熟悉受害者家中情况。"

"余洋作为最大嫌疑人主动自首,极有可能是想替人顶罪。"

按照这个方向推论的话……

林毅在黑板上画出程烨的犯罪侧写。

因为知道程诚对自己变态般的爱欲,又因为他伤害了余洋,所以起了杀心……

难道,真的是程烨?

这个想法在林毅的脑中降临之后就被无限放大,程烨的脸不再如从前一般单纯,每回忆起一次她的笑容,林毅都觉得头皮发麻。

他捂着脸蹲在办公室的椅子上,面前的"违纪检讨书"只开了个头,他一点也不想写下去,因为还得违纪,不如最后一起写了。

林毅关了电脑,决定重回一趟案发现场。

其实已经来回巡查了很多遍，可疑的证物都被送去鉴证科调查了，林毅这一次来，只是来碰碰运气，看看有没有漏掉的其他线索可以证实自己的猜想。

根据余洋的描述，杀人现场是在一楼客厅，而冲突最开始是在二楼的走廊。

林毅悄悄潜入，沿着楼梯走上去，在走廊上站定，望向尽头的窗户。

光线照进来，浮尘漫舞，他闭上眼睛，轻哼着披头士的 *P.S. I love you*。

他按照余洋形容的那样，把自己代入程诚，跟着音乐的节奏走，到"Be in love with you"这一句结束时，他睁开眼睛，刚好站在了走廊最正中。

两边的墙上都是照片，乍一看没有任何特别。

可林毅回想起来自己偷偷看过的那份余洋的口供，他说第一次冲突就是在这里发生的。

为什么呢？是因为墙上的某一张照片吗？

林毅仔细盯着查看，努力想从中找出些逻辑。

他用手电筒来回照了几遍，最终在一张合影处停下了目光。

看得出来，这应该是程烨十八岁生日的纪念照，全家人都围在她身边，可程烨的笑容却并不达眼底，甚至有些敷衍。

林毅戴上手套取下相框查看，没有发现什么特别之处，低头时却发现这张照片下面的地面上，有一些墙皮脱落的粉末。

有人在近期动过这张照片？是余洋还是程烨，抑或是程诚自己?

跟这案子有关吗?

林毅无从得知,可直觉告诉他,这个猜测的方向是对的。

他重新审视两面墙。

发现照片应该是按照年龄的规律排下来的,有单人相也有合影,有获奖时刻也有杂志封面,无论是那一张,上面的程诚都意气风发,占据绝对的中心位置。

没错,无论是在家里还是朋友圈子里,程诚都是绝对的核心人物。

他又拿起手中那张程烨十八岁的合影,仔细打量起来。

如果说这张照片传递出的信息跟其他照片有什么不同,那就是这张照片除了有程烨的身影之外,是墙上唯一一张不以程诚为主角的。

林毅试图分析程诚的心理,像程诚那样任何事情都需要占据绝对主导权、拥有绝对存在感的人,应该不会在专门用来彰显自己高光时刻的照片墙上,挂一张以其他人为主角的照片。

除非……有人动过。

林毅心中的答案更明确了一些。他把照片挂回墙上,决定去房间的其他地方找找还有没有相关的线索。

他摸黑来到书房,手电筒的光掠过厚厚的英文原版书和财经类书籍,停在书架最上层,那里有几摞影集。托程诚的福,影集上都标注着日期,给他的搜查工作省了不少工夫。

从程诚高中时期的影集翻起,他获奖无数,可大都是单人照,看得出朋友并不多,人缘不太好,哪怕是站在人群里,看起来也冷冷清清不太合群。

林毅继续翻初中时期的影集,这里面夹杂了很多程烨的照片,他慢慢有了结论,似乎初中时兄妹二人感情还不错,程烨的出镜率很高,看上去也比较亲近,跟十八岁生日那张反差很大。

这期间,是什么原因让他们疏远了呢?是不是程烨发现了程诚对自己的心思?

再往下翻,年纪就更小一些了,看了几页,林毅突然愣住,回忆奔涌而来。

照片上,一个戴着棒球帽的男孩笑得异常灿烂,却让林毅生生看出一身鸡皮疙瘩。

这张脸,还有这张脸的主人带给自己的恐怖记忆,以及他在余洋和自己手上留下的伤疤,林毅一辈子都忘不了。

他觉得如坠冰窟,周遭的一切声音都听不见了,时间仿佛回到那个遥远的傍晚,那个他鼓起勇气跟余洋一起打架的傍晚,那个被棒球帽男孩诡异笑声充斥的傍晚。

林毅蹲在地上,头传来一阵剧痛。

此前所有的假设都被这一张照片全部推翻。

什么程烨撒谎,什么余洋定罪,这些猜想没有任何支撑。

难道……余洋一早就知道程诚就是小时候曾经霸凌他的棒球帽男孩?

这是他杀了程诚的理由?

他接近程烨,是一场蓄谋已久的复仇?

不可能！

他为自己出现这样的想法感到羞愧，这不是余洋！这不是余洋会做的事！余洋和程烨相处的点滴他都看在眼里，他爱她，作不得假，况且，余洋不是以牙还牙的性格，怎么可能为了报仇，绕这么大一个弯杀人。

他的思绪并没有因为这些照片明朗起来，相反，儿时印象中的余洋和程诚反复出现在脑海里，越来越混乱……

他需要弄清楚答案。

林毅失魂落魄地离开了程诚的别墅，一路驾车向余洋家驶去。

余洋家的门像从前一样开着，楼道里却没了往日常有的粤剧的腔调和烹饪食物的香气。

林毅从麻布帘中探出头，客厅没有开灯，也没有人影，他慢步走到卧室的门口，唤了一声余海的名字。

"海哥……"

余海坐在床上，正直勾勾盯着地上的星空瓶。

林毅知道这瓶子的由来，心下一阵难受，可又清楚自己来到这里的原因。

"余洋他……"

话没说完，余海的眼神转了过来，与林毅对视。

以前林爸常说，一个人的眼神是不会骗人的，机敏还是迟钝，狡黠抑或单纯，行为和语言或许都能作假，可眼神却藏不住。从警以来，林毅见惯了形形色色的罪犯，自认能从眼神中读出很多情绪，可他却从未料到有一天会从余海的脸上看到这样的神情。

那种眼神该怎么形容呢……

他在难过，是那种洞悉一切后无力挣扎的难过，带着释然、果断和一种炽热的抱歉。

从小到大，林毅早就习惯了余海的视若无睹，别说对视了，就连三个人一起闹着玩的时候，余海也从未把他当作活物。他一直以为余海的眼中只有余洋一个人，哪怕后来余洋说起余海很喜欢程烨，林毅也根本没当一回事，只觉得是余洋的心理作用。

所以按道理，这种眼神不该属于余海。

或者说，不该属于林毅印象中那个对周围世界毫无感知的余海。

他的眼神告诉林毅，关于程诚死亡这件事，他一定知道什么。

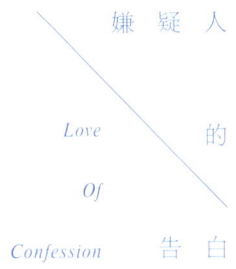

嫌 疑 人

Love　　　　的

Of

Confession　告 白

第 九 章
我还是，在乎你

当你可能因为我受伤时，
我离开你；
当你真正受到伤害时，
我寸步不离。

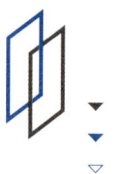

陈安安见到安然无恙的叶之舟,原本担心的表情变成了愠怒:"为什么一天多都不接我的电话?还有,陈新凯去哪儿了?"

叶之舟的神魂尚未完全安稳,他越过她的肩膀向后看。

陈安安回头,望向空无一人的走廊和对面紧闭的门,不明所以:"你在看什么?我在问你话呢。"

"没什么……"叶之舟收回视线,"我就是……喝多了,睡过去了。"

"陈新凯呢?我下午来过,他家也没人开门。"

她说她来过。

叶之舟的右手不由自主轻颤起来,他把手背在后面:"我们一起喝大了,我……断片了。"

"连敲门声都听不到?"她半信半疑,"你怎么会跟陈新凯一起喝酒?"

他咬唇:"喂,你不觉得,在我面前张口闭口就是陈新凯,有点过分吗?"

…………

叶之桥再回到家里时,已经是三天之后了。

这期间,叶之舟虽然按照他的要求强打着精神上下班,尽量在外人面前维持正常状态,可内心的恐惧却得不到排解,每日寝食难安,以至于他整个人以肉眼可见的速度消瘦下去。

叶之桥见到弟弟这样,心疼不已。

出事以来他不断地自责,如果自己能够早一点察觉到弟弟情绪的改变,也许就能避免悲剧的发生。他们的父母一直忙于生意,对兄弟俩的照看本就欠缺,亲子关系疏远,更多的时候是长兄如父,他扮演着叶之舟监护人的角色。

可是他却也因为忙工作没能照顾好叶之舟,更没能及时关注他的精神状态……

绝对不能让弟弟出事,这是事情发生之后叶之桥对自己说的最多的话。

绷了几天的叶之舟,在看到哥哥回来后,再也压抑不住情绪,放任自己恸哭出来。

侥幸暂时逃过一劫并没有让叶之舟得以喘息,他仍然是担惊受怕、夜夜噩梦,叶之桥虽然看上去冷静,心里也没有比弟弟好到哪里去。

可他是哥哥，他是他唯一的依仗。

"我保证会没事的。"他说给弟弟听，也是在说给自己听。

等叶之舟释放完压力，他才用湿毛巾帮他擦干净脸，问道："警察来过了吗？什么情况？"

"上午来了，我都按照你说的交代的——我只知道那天跟陈新凯喝了酒，我喝到断片，喝了多少，聊了什么，都不记得了。"

"然后呢？"

"他们说我跟他有感情纠纷，有杀人动机，我也否认了，没被套话。"

"嗯。"叶之桥深深看了弟弟一眼，按着眉头陷入沉思。

"哥？"叶之舟问，"我们真的没事了吗？"

后者缓缓摇头："还是得做最坏的打算。我们太被动了，现在什么都做不了，只能看警方会查到什么程度。"

如他所料，没过两天，警方再一次找上门，但这次，就不只是审问那么简单了。

陈新凯的尸骸被找到，"真相"随之水落石出。

警方的调查结果令人震惊。陈安安和叶之舟曾是一对恩爱的情侣，而叶之舟因精神问题，经常将邻居陈新凯当作自己的假想敌，与陈安安爆发莫名争吵，严重的时候，还会对她施以恐吓。

陈安安忍无可忍，终于提出分手。叶之舟误以为是她与陈新凯已经暗生情愫，一时难以接受。

为了证实自己的怀疑，叶之舟经常跟踪陈安安与陈新凯。陈安安以报警相要挟，他反倒先发制人，怪罪到陈新凯头上，这才有了之前抢夺相机的纠纷。

陈新凯在被无辜卷入两人纠葛的过程中，对陈安安产生了同情和保护欲，开始主动追求她，希望助陈安安尽快摆脱苦海。

他不仅送花到陈安安公司的前台，还约叶之舟"谈判"，可就是这样的"谈判"，让叶之舟更进一步丧失理智，误将陈新凯当作变态跟踪狂，认为他一面跟踪女友，一面追求自己，情急之下失手酿下惨案。

警方查到，抛尸地点与叶之桥的行动轨迹相符，兄弟二人都被扣押。

"我没有病，我吃的药都是我哥让我吃的，他说是维生素，是保健类的药，他是医生，我听他的啊！"

"我弟弟有被害妄想症，之前因为臆想陈新凯骚扰自己和陈安安，跟陈新凯有过一次冲突，陈新凯的口供可以证明。我为了照顾他的情绪，一直没有告诉他生病的事实，只是偷偷安排他定期服药。"

两人按照一早准备好的口供交代，弟弟病发杀人，哥哥有意包庇。

叶之桥提交了叶之舟的病理报告，提出应考虑其发病期间不能辨认自身行为而减轻对其的刑事判罚，而法医的司法鉴定也确证了叶之舟患有严重的妄想症，并伴有一定程度的幻听、幻视等精神行为障碍。

在法院的判决下，叶之舟因不能辨认和控制自身行为而造成危害后果，经法定程序鉴定确认，不负刑事责任，责令由监护人严加看管和治疗，必要时由政府强制医疗。而叶之桥帮助当事人毁灭、伪造证据，处以五年有期徒刑。

这一并不算公允的判决引起了社会上的高度关注，各家媒体争相报道，一时间成了当周的热点话题。

叶之舟被释放那天，看守所门口围着密密麻麻的记者，还有不少替陈新凯家属鸣不平的社会人士。陈新凯父母拉着巨大的横幅跪在叶之舟的车前，上面写着"杀人偿命，司法不公"。

看守所的民警排成两道"一"字形护送叶之舟上车，骂声、嘘声不绝于耳。

叶之舟把脚放进车中才不过半步，远处不知是谁朝车窗扔了一块石头，一时间玻璃破碎，人群慌乱。

民警一边费力挡开人群，给车子拨出一条通道，一边大声喊着："不要冲动，不要伤及无辜！"

一个穿着黑色风衣的女孩被挤得往后踉跄了几步，险些摔倒。她把肩上的包往上提了提，退到人群最后，清瘦的脸上没有什么血色。

明明是上午10点，天色却雾蒙蒙、阴沉沉的，太阳始终被遮挡在云翳背后，不肯透出一点微光。

女孩将额前的一缕碎发揽到耳后，手停在微微隆起的腹部，幽幽地望着远去的汽车。

林毅打开了灯,刺眼的光线取代了卧室里的星光摇曳,余海眯了眯眼,低着头,表情晦涩难懂。

暖黄色的灯光笼罩在他身上,房间里散乱着用过的草稿纸,乍一看与往常并无不同,可是林毅搜刮了脑子里所有的措辞也无法形容方才看到余海那个眼神时的陌生感。

他把手机放在桌上,脱下外套,开始撸起袖子整理散落在床上和地上的草稿纸。

余海一言未发,如同失语,又像是在等他发问。

林毅刚捡起一张草稿纸,眼神划过纸上一角,呼吸一窒。

他木然地朝余海的方向走了两步,再也顾不上什么措辞,把自己看到的几个字摊开在他面前:"海哥,这……"

草稿纸上,除了每一张右下角都有一个奇奇怪怪的字符——一个圈里面有一个字母 C 以外,还有林毅熟悉的余海的笔迹,他写了无数个的"叶之桥"。

余海嘴角挂着一抹似有似无的笑,双眼直直地盯着草稿纸,比起林毅屏息凝视的状态,他看上去十分放松。

"海哥,你怎么会写叶之桥的名字……"

林毅不是个爱读书的人,余洋平常逼他看的小说,他也都是有一搭没一搭地看过几眼,唯独这一次的《夜莺与鸢尾花》,因为跟案件相关,他几乎烂熟于心。

叶之舟,叶之桥……

现在,这几个字萦绕在林毅脑海,甩都甩不掉。

"还有,海哥,这每一页奇怪的字符……是什么意思?"

他直勾勾看着余海，胳膊上起了一层细小的鸡皮疙瘩。在度秒如年的僵持中，他率先败下阵来。

算了……

能在迟滞无力的余海身上找到什么答案呢？这么多年他都没怎么开口和自己说过话，更何况是面对这种错综复杂的案件了。

"我可以……看看房间里的东西吗？"林毅摩挲着手里的草稿纸，总觉得哪里不对劲，放也不是，带走也不是。

其实也本不需要得到谁的允许的，从前林毅在这个家就熟门熟路的，从来不拿自己当外人，只是今非昔比，不知道从何时开始，他心底就生出一些把自己当作外人的陌生感。

余海不再看他，林毅权当他默认了。

林毅闭了闭眼，把这些私人情感放到一边，专心地查看起卧室里的每一个细节。

床头柜里有心理学的书籍，但这并不能证明江瑾的想法，她有着心理医生的直觉，可直觉是最难把握的东西。

不过十平方米左右的卧室，除了一张单人床和一个简易的衣柜，几乎放不下其他东西，往日里余洋都是打地铺睡在哥哥床边，现如今他的铺盖都被整齐地卷放在床底下，林毅都能想象得出他自首前是如何将家里的一切打理得当的。

几乎找遍了整间屋子，连余洋所有的书都翻了个遍，也没发现任何线索。林毅丢了魂似的在房间里来回踱步，一遍一遍问自己还有没有什么遗漏的。

"现在是北京时间 24 点整。"

客厅墙上的挂钟突然开始报时,午夜零点,余洋设置了这个时间提醒自己必须睡觉了。他向来有原则,写稿一定不超过这个时间点,否则无法以充沛的精力应付第二天的生活和工作。

林毅踮起脚取下了墙上的小木屋挂钟,关闭了报时功能,余洋不在,这闹钟暂时也用不到了,还是关掉免得吓到了以后独自在家的余海。

以后……林毅为这个想法难过起来。

余洋如果被判刑,以后余海的日子,该有多难过啊。

挂钟的顶上有一层积灰,林毅拿袖子在上面轻轻一拂,吹了口气,才用 T 恤给擦干净。他看着手中的挂钟,无力感又多了几分。

他是不是只能做这点事了?

找不到帮余洋洗清罪名的证据,又不敢拍着胸脯保证能帮他照顾好余海,他这才发现,自己对于他们兄弟而言,作用是那么微乎其微。

林毅不敢再多想,把挂钟放回原位,视线又落在旁边一张他们三个人的合影上。白色塑料的相框质量并不好,也因长久地暴露在日光下而泛着淡黄,林毅看着照片里三个小男孩没心没肺的笑容,喉间更是酸涩。

突然间,他盯着相框愣住了,那上面纤尘不染,好像是有人仔细地擦过了,可……为什么没有顺手擦一擦近在咫尺的挂钟呢?

除非……

林毅脑中飞快闪过程诚家里的照片墙，他的直觉越来越强烈，他取下相框，急不可耐地拆开，在夹层里看到了他要找的东西。

　　照片中的场景与程诚家里照片墙上的某一张照片的场景一致，人物也一样，是程烨十八岁生日时拍摄的。程烨坐在餐桌前，她的养父母坐在一侧，而程诚在她身边搂着她，轻吻着她的脸颊，笑得十分得意。

　　或者说……笑得十分刺眼。

　　冬日的寒风呼啸着拍打客厅的窗子，纵使屋内暖气十足，林毅还是感到了由内而外散发的寒意。

　　虽然绕了一个很大的弯才发现了这张照片，可这张照片的的确确在迷雾中为他撕开了一条路。

　　余洋在撒谎。

　　他根本没有分裂成叶之舟！

　　属于叶之舟的人格不会拿走现场关于程烨的照片的！

　　这张照片实在太刺眼了，对，就是刺眼，得意的程诚、强颜欢笑的程烨，超越"兄妹"关系的举止……落在任何一个男友身份的人眼里，都不会读出第二种情绪。

　　林毅因为逐渐明朗的想法而感到震惊，他觉得自己好像就要触碰到那个真相，也就要触碰到余洋藏得最深的事实了。

　　他的目光在照片上来回打量，再次联系起印象中的程诚家里的那一片照片墙。包括手里这张照片在内的程诚家中整面墙上的照片，程诚都是绝对的主角，只有被余洋换上的那一张，他是角落里的配角。

余洋处理现场时或许无法察觉这一点，只选择一张看似一样的全家福替代，可是一旦洞悉了程诚布置照片墙的用意，就会发现他选的那张照片是多么违和！

原本是来找能帮余洋洗脱罪名的证物，而现在却更增强了余洋的杀人动机，林毅难以自控地打了个哆嗦，把相框扔在地上。

万分痛苦的他始终不相信余洋就是凶手，他拼命摇头，努力想这其中是否有不对的地方。

只见他嘴里一直念叨着"假如"，在房间里踱步……

假如……

林毅在心里跟自己对话，假如余洋真的是凶手，他处心积虑想要杀掉程诚，然后用精神分裂作为自己杀人的借口，可是……他又为什么明知道余海怕血，还要按照小说的写法，让完全帮不上忙的他去现场呢？

他本可以在现场就选择自首的啊！

除非……

余海根本一直都在现场，或者说，比余洋到得更早！

林毅垂下肩膀，他以为摸到了一点脉络，可迷雾又重新聚拢起来，事情变得越来越复杂。

"帮我准备一份程诚遇害当天的现场照片，我要现场全部的照片，包括尸体的特写，越快越好！"

林毅给警队的兄弟发完消息，又急忙折回卧室，蹲在余海面前："海哥，求你，告诉我当天到底发生了什么事好吗！"

他扶着余海的膝盖摇晃："海哥，我不信余洋会杀人，证据再确凿我也不信！他把自己的一辈子都计划好了，怎么可能因为一时冲动而去杀人？你记得吗，以前他宁愿自己饿着肚子也要喂医护站那只小黑猫，他在学校里受了欺负从来不会报复同学，回家还要假装没事给你做饭、陪你玩，就连被陷害抄袭他都没有过分的怨恨，他内心那么坚韧、那么强大，怎么会……"

余海听到这里，情绪终于有了起伏，他把手搭在林毅的手背上，嗓音沙哑："我有，我有……话说，话说……"

余海磕磕绊绊地说出这几个字，却也掷地有声。

"余洋，你还是说实话吧，余海已经都招了，说人是他杀的。"

审讯室里，杨超心烦意乱，有一种被这对兄弟玩弄于股掌之间的感觉。

他本来已经准备睡下了，却忽然接到林毅的电话，说案件有了新进展，他来不及训斥他私自调查的行为，就收到了林毅发来的一段录音。

音频里，余海声称是自己杀了人，弟弟只是为他顶罪。

这与之前警方查出的余海的病情完全不符，医生的鉴定报告及余海的治疗经历都让所有人以为他并不具有独立行为能力，可他说出的话却不像是来自一名精神疾病患者。如果不是亲耳听到，杨超都要以为林毅为了给朋友脱罪已经不择手段了！

"你们别弄我哥！"原本眼神中已经没有生气的余洋在听到余

海的名字时勃然大怒,"他是个病人,很脆弱!经不起你们折腾!"

"他是生病还是装病,到底具不具备杀人动机和行为能力,我们很快就能得到新的医疗报告。"杨超佯装一副胜券在握的样子。

余洋青筋暴起,奈何整个人被禁锢在审讯椅上,双手因挣扎被手铐勒出红痕:"跟我哥没关系!我要说几遍你才能听懂?我都来自首了,你为什么不相信!"

杨超狠拍了一下桌子:"自首!两个人都来自首,这么争做杀人犯,到底是兄弟情深、互相包庇还是另有隐情?你们以为能随意糊弄过去吗?"

两个人恶狠狠地对视,谁也没丁点让步的意思。

"我再问你一遍,当日 11 点 10 分,你原本与苏尧在餐厅吃饭,看了手机之后匆忙离开,是什么原因?"

"我说过了,因为苏尧告诉我他和程诚合谋诬陷我,我实在忍不了,就去找他了!这与我哥有什么关系?"

"有没有关系,你心里清楚。"杨超说着,从证物箱里拿出一个透明的袋子,里面装了一只黑色的手环。

余洋看到,咬紧了牙齿,下颌线绷出僵硬的弧度,生生抑制住了开口的冲动。

"是不是觉得特别眼熟?这是你买给余海的定位手环,里面清楚地记录了当日余海的行动轨迹,需要我重复一遍吗?他是先你一步到达的程诚别墅,而你之所以从餐厅匆忙离开,是因为看到手机上显示的定位异常,余海不在平日的活动范围内,所以你赶紧打车去寻找,我说得对吗?"

余洋紧抿双唇，眼睛定定地看着手环。

"我们在你家附近的专卖店查到你买了新的手环给余海，旧的这个，被你直接扔到了离家里很远的街区垃圾站，还好它的功能还在，能通过你的手机找到。"

"一个手环而已，并不能证明什么。"余洋已经找回了之前稳定的状态，"不是谁先到达现场，就能证明是谁先动手杀了人。"

"程诚家门口的行车记录仪监控显示，你到达之后敲门，开门的是余海而不是主人程诚，是因为这个时候，余海已经杀了程诚，你只是赶去处理现场。"

余洋缓缓摇头："要我说几遍？是程诚本人给我开的门。"

"这么笃定？"杨超站起身，扔了几张照片在余洋面前的小桌板上，"看看，给你开门的人，手上是不是戴着这个定位手环？"

余洋瞥了一眼，吞了口口水，随即恢复轻蔑的语气："只是露出一只戴着手环的手，就能判断这个人是余海吗？你们警察真是想象力丰富。"

诚如余洋所说的那样，因距离和角度的关系，照片拍得并不真切，连手环的露出都不是特别清晰。

"撒谎！"杨超突然提高音量，"杀人的是余海，你为了顶罪捏造出自己人格分裂的故事，把自己代入小说角色！"

余洋正要争辩，杨超甩了一张照片在他面前，正是林毅在他家找到的那一张。他不想再看，死死咬着嘴唇，那表情落进杨超眼里，与认罪无异。

"这照片藏在你家里的相框夹缝中，说明当时杀害程诚的，根本不可能是叶之舟！而且林毅在现场拿回的草稿纸，有和程诚脚踝部文身高度吻合的符号，这说明，是余海新仇加上旧恨，杀害了程诚，而你，煞费苦心地编织了一场精神分裂的计谋，只为帮他脱罪免受牢狱之苦！"

余洋眼神狠戾，带着一丝鱼死网破的决绝。

"我不需要你再费心编借口，如果你觉得这不够，来听听余海是怎么认罪的。"

他回身拿起桌上的手机，播放了一段语音：

"人是，人是……我杀，我杀的。"余海说话磕磕绊绊，全是不稳的颤音，可见他当时有多恐惧、崩溃，"我本，我本……不想连，不想连累……累小洋。"

"林毅你他妈浑蛋……"余洋重重地拍了一下桌面，泪水从眼眶中飞速甩出。

这说话的语气，这照片的藏匿处……余洋立刻反应过来是谁提供的证据。他知道站在林毅的立场，寻求真相无可厚非，可他还是有种遭到背叛的感觉。

他的背用力离开椅子，整个身体伏在桌上，目光如炬地盯着杨超："我哥有精神病，你们到底对他做什么了……"

他压低声音，状似无奈地摇头："杨警官，我不知道你是出于什么原因不相信我的口供，要揪着一位精神病人不放！明明已经可以结案，可以给所有人一个交代了，你还要什么！"

"我要真相！"杨超情绪有些激动，"余洋，你说我已经可以给所有人一个交代，那你呢？你给了自己什么交代？你以为英雄是那么好当的?你以为警察都是吃白饭的!"

杨超少有情绪失控的时刻,这会儿他双手重重地砸在桌面上,着实吓了旁边警员一跳。

余洋沉吟不语,愣了一会儿,他摇头:"给我支烟。"

坐在旁边的小警员看了眼杨超,得到准许后,找来一根烟递给余洋。

他办案经验不算多,往日对嫌犯是深恶痛绝的,尤其是身负命案的人,可余洋给他的感觉很不一样。

他连交代案发经过都像是在讲一个事不关己的故事,起因、经过,包括自己的心理活动,完完整整都呈现出来,有一些认命,又有一些麻木。

烟圈迅速燃起红色的火光,又瞬间化成灰烬。余洋只吸了一口,就连烟带气吐在杨超面前,他压住咳嗽的冲动,一字一句地说道:"自始至终,全都是你的主观臆测,人确实是我杀的,这个事实无法改变。"

年轻警员见他如此挑衅,拍桌就起:"你这人怎么这样!"

"是吗?"杨超抬手示意年轻警员不要冲动,作为一名资深警察,他知道这是余洋的激将法,"还真是不拿出实质证据,你就不松口啊。"

他又从证物箱里取出两只袋子,里面分别装着两把水果刀。

"你用的是哪一把刀杀的程诚,你自己也分不清了吧?"杨超慢条斯理地分析,"根据法医的报告,死者身上的刀伤仅有一处为左手握刀造成,其他伤口的切入角度及用力方式都来自右手,且无生活反应,经过鉴别均为死后损伤。"

余洋一字不落地听完了他的阐释,冷静反驳:"我与程诚发生争执时,根本顾不得自己拿刀的是哪只手,能抢下水果刀自卫,已经是我在慌乱中能做的唯一的事了,至于你说的哪一刀是左手,哪一刀是右手,哪一刀是致命伤,当下的我根本无从得知。"

"你别急啊,我还没说到重点,"杨超没放过余洋脸上任何一个表情,发觉他开始流汗了,心下更加坚定,"补的那几刀,也就是刻意模仿你自己小说情形的那几刀,用的是这一把刀尖80度、刀刃16.5厘米的不锈钢刀,对吗?"

余洋硬着头皮回:"我说了,危急情况下根本顾不上是什么刀!"

"你总应该看清是不是不锈钢材质的了吧?"

"是。"他眼神凶狠地盯着杨超,像是随时要把他撕碎一样。

"可是致命那一刀,用的是陶瓷刀,也就是说,凶器有两把,余海意识到你要顶罪后,向你传达了错误的信息。"杨超拎起另一只袋子,里面装着的是一把白色的水果刀,"他趁你去二楼清理现场的时候,把这把刀埋在了程诚家院里的盆栽下,这都是你并不知道的情况。"

余洋哑口无言,更无从判断杨超话里的真实性。

"根据余海交代,在你到达现场之前,程诚屡次拿起水果刀挑衅,并出言羞辱,两人在二楼走廊发生争执时,程诚用刀划伤了余海的小腿,被余海推下楼梯,造成头部受伤。我们检测过照片墙下的碎屑,找到了余海的毛发,同时比对过余海腿上的伤口,与他的供述吻合。原本惊慌失措的余海想要逃离现场,没想到程诚爬起来从身后勒住了余海的脖子,被余海过肩摔,造成了肩膀和背部受伤,这也与法医鉴定的程诚身上的伤势吻合,而这些,也是你忘记交代出来的。"

余洋的心理防线一再被击溃,却依然一个字都没说。

杨超不再与他纠结这一点,他看了一眼另一份报告:"一周前的晚上7点左右,你和余海在回家的路上,被人堵在商业街的背巷里殴打,是不是有这回事?"

余洋眼神暗了下去:"是。"

"为什么被打之后你没有报警?"杨超问他。

"我不能报警,否则程烨一定会跟我分手,所以我能忍。"

"你能忍,余海也能忍吗?他在这段关系里何其无辜,凭什么挨一顿打?所以这不是你的杀人动机,是余海的。"杨超故意刺激余洋。

余洋放弃了反驳,眼神里透露出痛苦和悲伤。

"你一直都在撒谎,"杨超说道,"行车记录仪显示,余海首先到达案发现场,他对着手里纸片上的地址,只身进入别墅。进入别墅之后,他与程诚发生争执,但因后者吸毒过量无法反抗,因此即便右手带伤,余海也有能力杀害程诚。此时你察觉到余海的定位异常,赶赴现场,发现程诚已经身亡,你为了替余海顶罪,又为了让你的女朋友程烨好受一些,将计就计代入自己的小说,将现场与程诚的尸体都布置成与小说情节相符的场景,离开现场后，丢掉定位手环，让余海保持缄默，在自己身上制造了相应的伤痕，然后来到警局自首。"

余洋低着头，不知道在想什么。

杨超继续分析："这也解释了为什么你们兄弟俩离开时，行车记录仪拍下的你的脸部完好无损，而现在的你却有明显的伤痕。"

嘴角的伤口还没完全结痂，余洋觉得有点疼。纵然胸口还涌动着怒意与不甘，可再也无从辩驳。

…………

杨超走出审讯室，大大地松了一口气，这一场心理鏖战耗费了他所有的演技。

"多亏你想的办法，才能诈他说出真相。"他拍了拍等在门口的林毅，"要不是你想出两个凶器的说法，他还要这样硬刚着，真是个硬骨头，不惜赔了自己的下半生也要保他哥哥。"

林毅受不得这份"嘉奖"，他之所以等在门口，只是为了听到余洋亲口说出真相。他挥开杨超的手，万念俱灰，独自走向走廊尽头，在光荣榜那里停住，含着泪望向墙上。

林怀光，翁源市缉毒大队队长，因公殉职。他穿着警服敬礼的英姿被留在这里，他的传奇事迹被写在这里，以往每次路过，林毅都能从这里汲取无限的力量。

可现在他却觉得没了支撑。

林毅捂着脸蹲下来，闷声大哭，他想问问为什么。

为什么真相这么残酷？

为什么要由他亲手揭开？

为什么他和余洋明明同岁,可是林毅就是习惯信任他、追随他,当他是无所不能的"大哥",忘记了他也有力所不能及的时候?

为什么余洋选择走上这条错路,却在这之前一次也没有向自己求助过?

哪怕有一次,只要他开口,林毅都会愿意拼尽一切保护他们兄弟俩,什么程家在翁源只手遮天,什么牵扯到危险的贩毒集团,他相信三个人只要团结就能"打赢"对手,就像小时候的余洋说的那样……

可他竟然连知情的机会都没给自己。

最后站出来保护他的,是那个最弱小的余海。

那一晚林毅喝得烂醉,是酒吧老板顺着他的通讯录,歪打正着地联系上了江瑾,叫江瑾把他给抬回去的。

林毅吐了江瑾一身,可江瑾却生不起气来,她一直轻轻拍着林毅的胳膊,像哄小孩子一般安慰他。

看着往日生龙活虎的林毅哭得声音沙哑说胡话,一向冷漠的江瑾竟有些莫名的心疼。

翁源新闻台刚刚还在播报寒流来袭,下一刻又说起最近人人都在关注的命案。

"你换什么台!你不让我去庭上旁听,还不让我看新闻?"叶伯怒气冲冲地朝老伴喊了一嗓子,眉宇间全是躁郁。

"你去什么去!你血压那么高!"老太太也不甘示弱,"你能帮上什么忙!"

声音在偌大的客厅里显得空荡荡的。

"法庭认定,被告余海手持刃长16.5厘米的水果刀,对程某腹部造成深达11厘米的刺切伤,在程某失去意识、瘫倒在地的情况下没有采取任何救助措施,并破坏案发现场,销毁证据……"

叶伯从藤椅上起身,叶婶停下了择菜的动作,房间里的杂音褪去,只等那句最关键的:

"被告余海,过失致人死亡罪名成立,判处有期徒刑五年六个月……"

"被告余洋,包庇及故意破坏现场罪名成立,判处有期徒刑三年……"

"咚——"

叶伯听完最后一个字,捂着胸口在沙发上坐了下来。

"老叶!"叶婶跟跄着跑到沙发前,手忙脚乱地扶起他,"你别吓我啊!别吓唬我……"

怀里的人却没了动静。

法官念完最后的判决,所有人起立等待退场,人群中忽然响起掌声。伴随着细微的笑声,在尚未散尽的庄严气氛里显得有些古怪。

所有人都看向声音的来源,只见余海依然像是对外界毫无知觉的那个"傻哥哥"一样,眉眼舒展,一边鼓掌,一边对着余洋傻笑。

"哥……"

余洋的眼泪再也绷不住。

知道自己被诈了口供时他没有哭，感受到林毅的"背叛"时他没有哭，听到自己的刑期时他没有哭，却在此刻，被余海的笑容击溃了所有的防线。

　　他跪倒在地上，身子微晃，像凋落在寒风里的枯枝，就这样迎来了属于自己的最后的结局。

　　林毅先一步冲到余洋身边将他扶起，还来不及说什么，脸上就结结实实挨了一拳。

　　余洋面露凶光，将所有的愤恨都发泄在了林毅身上。他真的很想问一问林毅为什么要这么做，明明只差一步自己就要成功了，明明不用两个人都进监狱，他明知道余海不合群，根本受不得牢狱之苦！

　　林毅没有一点要还手的意思，低着头搂住兄弟，任他打骂。

　　旁边的两位法警用尽全力才把余洋按住，他的脸被贴在法庭冰冷的地面上，稍一用力就会被按得更狠。

　　"你们放开他！"林毅吼道。

　　法警不为所动，厉声警告着余洋。

　　余海的手被铁铐用力地铐在一起，因为刚刚拍手的幅度太大，勒得他手腕通红。他看着余洋，嘴里还衔着口水，没停止笑容。

　　你是我的哥哥。

　　你是我弟。

　　这么多年，我知道你爱我。

　　而你也辛苦了。

　　都怪我没能力保护好你。

是我该保护你。

倘若兄弟之间真的心有灵犀的话……

这一次，我想替你承受全部的苦痛。

生活还在继续。

不会为了某一条法治新闻而停滞下来。

即便网络作者和财经名人的案件关注度再高，也被时间一点点淡化了。

新的话题会出现，新的故事会上演，抓着从前不愿放过的，只剩下故事里被留下来的人。

"两年啦，你总要学会往前看啊！"出版社里，主编语重心长地对程烨说，"死抓着这个选题不放有什么用呢？"

方案做了一版又一版，提议被拒绝了一次又一次，他都不忍心再说抱歉了。

可是他们都知道，余洋的书不能出，不是因为文字本身或策划方案的问题。

程烨已经不再是最初祈求他时那副低微的态度，她已经能用冷静又客观的语气分析："主编，小说的内容您之前就认可了，现在……因为涉及真实案件，营销时更能造势，我想只要我们把这个分寸把握好，甚至可以当成范例来操作……"

她想让自己听起来专业一些，主编却觉得无比心疼："小烨啊……别再说了，我都明白，可是……跟社里请示过，这个风险我们承担不了。"

程烨握着样书,她对它的感情十分复杂,它像是一个潘多拉的盒子,裹挟着厄运,却又是程烨两年来没有倒下的唯一凭仗,不仅如此,她还要用它帮余洋打开那个看似晦暗的未来。

她从来没有对余洋的选择感到意外,她完全理解为什么他能为余海抛下一切,他要守护他认为最珍贵的人,她也一样。

从主编的办公室出来,她没有感到沮丧和绝望,这么久以来她已经完全习惯了,只要还有一丝希望,她都不会放弃。

程烨拿出手机,看到一条来自苏尧的信息。

"我想跟你聊一聊帮余洋出书的事。"

她曾去戒毒所看过一次苏尧,知道他对余洋怀有歉意,而他也颇有人脉和才华,程烨决定赴约,完成余洋之前跟他没有继续的合同。

那之后,程烨与苏尧达成共识,共同为《夜莺与鸢尾花》的出版倾尽全力。

程烨辞了工作,心无旁骛地担当起余洋的责编,夜以继日地推进出版的流程,而苏尧也停下了自己的计划,公司一切项目为其让道,距离余洋出狱不剩多少时间,要合理地借势。

可项目的推进并不顺利。

苏尧的出版公司愿意做,新闻口的出版社却不敢接。

某日,余洋的新书稿件被一家谈好的出版社以"存在风险"为由拒绝了书号的申请,眼看着柳暗花明,却又陷入新一轮的无边炼狱。程烨无比失落,仿佛忙碌太久之后突然失去了生活的支点,于是,她去监狱探望了余洋。

彼时,他已经蓄起了胡茬儿,虽然看上去并不苍老,却也多了几分让人心疼的成熟。

"还好吗?"他问她。

"挺好的,书已经找新的出版社推进了,公司新的项目也……"

程烨绾了绾头发,不打算说起自己的困境,却还是逃不过余洋敏锐的眼神:"我是说,你还好吗?"

他嘴角挂着笑,与她四目相视。

此刻眼前的玻璃窗哪怕像钢筋水泥般坚硬,也隔不断余洋眼中的温柔。

"我……"才说一个字,程烨心中的委屈就通通涌进鼻腔,压入咽喉,酸涩地翻滚、升腾。没人知道,为了余洋的新书,她究竟付出了多少努力,从前拉不下的脸都放下了,看不起的虚与委蛇都试了个遍,而今一个简单的"有发行风险"的理由,就将一切通通打回原形。

程烨侧过头想转移一下情绪,可余光却扫到了窗子上余洋垂下头的倒影。

她觉得自己还是不应该在余洋面前表露出难过的情绪,她打起精神回视他,余洋也跟着抬起头,眼睛却通红一片。

"我知道,"余洋说话的分贝极低,又沉默了半分钟,程烨最后是从他的口型中判断出后面那句——

"等着我。"

等着我,这三个字,在此刻是多么凄恻动听。

程烨终于忍不住,手死死地捂住话筒,憋住哭声。

身边来探视的其他家属,有的人看起来很平静,有的表现得很崩溃,却没有一个人像她一样,想哭又不敢哭,决绝又无助。当然,也没有人知道,她来探视的这个男孩,对她的人生来说意味着什么,不只是爱情,更多的是救赎。

"我等你。"程烨对着被狱警请离的余洋,用只有他们俩能听到的声音也回了他三个字。

从前,余洋总说程烨是世界上最懂自己的人,她当作情话来听,而现在两个人很多话不能直言,她却明白了那种感觉。

这世上倘若真有一个人,不需要你完全表达出心意他就都能体会,那么请一定一定要为了他坚持下去。

"当你可能因为我受伤时,我离开你;当你真正受到伤害时,我寸步不离。"

这句话是刻在程烨心里的。

江瑾已经好几天没有见到程烨了,能拨通程烨的电话都靠运气:"您终于有空理我了啊?"

"最近太忙了,怎么啦?"彼时的程烨正要去印厂盯色,手里抱着资料,肩膀和耳朵夹着手机。

"就是想说,你托我给余洋、余海带的保健品,已经到了,海关这次还挺快清关的,你随时可以来我家拿走了。"

"太好了,这周末吧,我去找你吃个午饭,然后下午去看余洋。"

"我说……"江瑾有些忧心,"你也别太忙,注意自己的身体。"

程烨笑笑，忽然有点感慨："你知道吗？时间不是治愈一切的良药，忙碌才是。"她每天让自己累到深夜一沾到枕头就能睡着，哪怕早晨哭着醒来，也能立刻投身到新的一天的"战斗"里。

"你有没有帮我去看望一下叶婶？"她问江瑾。

"去了，放心吧！林毅也常去，跑得比我还勤，你……真的别太操劳……"

"我知道，"程烨进了电梯，"我能照顾好自己，而且……我打算做完余洋这本书就离开这个行业，我有了新的打算，等我忙完这一阵去找你好好聊一聊，先不说了，电梯里要没信号了！"

她看着电梯里的镜子，她的长发被分在一边，雪纺衬衣和西裤给她增加了几分职业感。之前那个弱不禁风总是需要被保护的小女孩，好像一夜之间长大了。

时间不是治愈伤口的良药，其实忙碌也不是，能治愈伤口的，是亲手纠正从前的错误，并填补从前的遗憾。

余洋被释放那天，天空灰蒙蒙的。

他背对着监狱肃穆的大门，仰面朝向天空，仿佛眼前有一颗炽热的太阳，强烈的光束让他睁不开眼。

余洋的脸色惨白，两侧的梨涡随着唇部的颤抖而微微晃动。他闭起双眼，感觉熟悉的电脑屏幕又一次出现在面前，他用手在空中自由地比画，反复敲打着几个字。

他早已泪流满面，自己却毫无察觉，而不远处站着的程烨，痴痴地看着他，也不禁失声痛哭……

嫌疑人的告白
Love Of Confession

第十章
后来的后来

你看,人生真是场无情的戏弄。
你大费周章地保护一个人,
到头来却发现,
是他在保护后知后觉的自己。

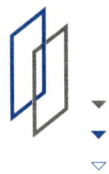

　　很多年以后，我们或许都不再记得某一次争吵的原因，某一个拥抱的理由，某一句词不达意的告白，但我们一定记得那些与我们一同经历过低谷的人，记得最弱小无助时仍然被依赖、被信任的感觉，以及为了一件事奋不顾身的决心。

　　我是《夜莺与鸢尾花》的作者，余洋。

　　非常感谢你能读到这里，这代表着，我们一起完成了一段庄周梦蝶的旅途。

　　最初，我创作这部小说只是因为遇到了一个喜欢的女孩，想要以她为原型写一个爱情故事，后来我们有幸走在了一起，成为彼此人生中的惊喜。

　　我把我们的故事写成小说，想着人老以后，如若无意间丧失了爱与被爱的浪漫能力，再回首青涩的文字，依然能满怀悸动，感念彼此的出现与存在。

可现实并不如人愿，属于我的童话故事还未完结，反派就已经出乎意料地到访了。

那段时日至今想起仍觉得无比压抑。被构陷、被欺侮、被威胁、被拆散……我强撑着反抗，却只迎来更为残忍的真相。

笔是作者的武器，躲在文字背后的反抗，是刻骨铭心的。

我创作了"陈新凯"这个反面角色，他的出现让熟悉我的读者们兴奋起来，因为他带着神秘而悬疑的色彩，打破了原有的平衡，让爱情故事的节奏急转直下，也让叶之舟和叶之桥兄弟俩的人生发生了天翻地覆的变化。

很多读者问我，这个角色是否映射着我真实生活中的某个人，就像女主有原型那样，陈新凯也有吗？

我不否认这一点，但小说创作始终是一个艺术加工的过程，需要考虑起承转合和铺陈布置，才能让故事更生动。因此《夜莺与鸢尾花》里的每一个角色，都有着帮我把故事表达得更精彩的任务，于是也就脱离了原型，成为能够跟我"对话"的、有血有肉的存在。

我想，这也回答了为什么我没有给男女主一个非常美好的结局的问题。

事实上，初版连载的《夜莺与鸢尾花》里，结局还要更加残酷一些。那一稿陈安安定居他市，嫁给了一位老师，从此柴米油盐，平淡或幸福都有另外的人同她面对。

那一版的叶之舟没有被免除刑事责任,经历牢狱之苦后,哥哥带着他移民到了澳大利亚——一个与中国四季颠倒的地方。叶之桥做医生,叶之舟开了家小餐馆,兄弟俩相依为命。尽管命途多舛,凄风苦雨,终是舟遇见桥,停船靠岸。

有读者留言说更喜欢原版结局,因为它更现实。是啊,大部分感情都是这样相忘于江湖的,承诺时有多认真,分开后就有多遗憾。

经年以后,不论曾经多么挚爱,彼此的生活总还要继续,你依然是你,我也依然是我,只不过我们都学会了接受,各自有了崭新的生活。

从前,我一度认为这样也没什么不好,生活中的热血和希望总归会被慢慢消磨殆尽。

可是,我从狱中被放出来的那天,当我真正走出那扇我在脑海中幻想过无数次的铁门——空气是散发暖意的,车笛声是悦耳动听的,就连阳光都摒弃前嫌地一股脑儿地往你潮湿阴郁的身上硬挤过来。

那种感觉真的很难形容,在不见天日、不见自己的铜墙铁壁里待太久,哪怕有人定期来看望你,不间断地给你打气,也抵不过真真切切踏上回家的路的感觉。

不只是获得自由那么简单,而是由心底生出一种蓬勃的欲望,一种好好活下去的欲望。以至于,我原本以为我的人生早就结束了,但那一刻,觉得自己又活过来了。

站在监狱门口,我的脑海中只有一个坚定的想法,如若我还有胆色和勇气提笔,一定要给叶之舟一个更好的结局。

所以最终版的故事中,我给叶之舟免除了刑事责任,陈安安也在急风骤雨后依然选择默默守候。

也许没经历过生死的人,是无法理解这种心情的。就好像,现在我活下来的每一天,都是鲜活而值得感激的,所以,我希望笔下的人物也能拥有希望,哪怕,只是一点点微弱的光。

我很感激经历的一切让我意识到这一点,也很庆幸依然有机会写书给你们看。服刑的那段时间,我一直都在思考一个问题,出来以后我究竟要做什么?

或者说,一个犯了错的作者,会被原谅和接受吗?

好在,你们没有放弃我。

她也没有。

出狱后不久,在她和老苏的帮助下,这本书顺利上市了。几年时间过去,它成为畅销作品,修订、再版,我终于能够再回望,写下这篇后记。

所以,请允许我把说烂了的话再絮叨一遍。

叶之舟的故事是偶然的创作,现实不会放过任何一个行凶作案的人,所以不管你处境如何,有何等困难,都不要放任自己的恶念。

我的故事是创作的偶然,命运宽宏,我才得以如愿,但侥幸不是常态,对错是非,我们都要有最基本的判断。

人生如寄,浮云朝露,希望读到这里的朋友可以好好珍惜身边所爱之人,全情投入所爱之事当中。

要正直、善良、本分地奋斗,要永远坚守着希望。

说好只写五百字的,啰啰唆唆就写到这儿了。这篇后记算是我给叶之舟一个交代。

那我的呢?

● ◯◯

如果你仔细听,夏天有好多种声音。

晴空万里中有鸽子伴着哨音飞过,车水马龙里有蝉鸣阵阵。微风吹拂,树叶打着卷儿飘落时留下轻柔的响动,就连掉落在地上的冰激凌融化时也有声音。

每一年,每一季的夏天,它们都会重来一遍。

"你听到了吗?"一个梳着马尾、穿黄色连衣裙、大学生模样的女孩有点激动地拉住身边的朋友,"你听前排的欢呼声!一定是他到场啦!"

翁源书店的门口,长长的队伍一直延伸到步行天桥的阶梯旁,放眼望去,都是手捧着书的年轻读者,有的人甚至抱了一摞。他们一点点跟着队伍挪动,在听到书店内传来的惊呼声后,纷纷踮起了脚尖张望。

书店临街,巨大的电子屏上有一个笑容灿烂的男孩,名字格外显眼。

女孩对着电子屏抓拍了好几张，满意地分享给朋友看："太帅了！明明可以靠脸吃饭的！"

被朋友揶揄了几句，她赶紧争辩："我不是颜粉，真的！我今天来最重要的事，就是签名时问问大大能不能有Happy Ending，我的叶之舟好可怜啊！都第三部了还要经历这么多痛苦，我想看他和陈安安原地结婚！"

书店中庭又响起一阵欢呼，VIP通道里，四五个人簇拥着一位白衬衣男士走出来。

他的俊逸一如从前，还有着满满的少年感。

原本闹哄哄的场地，在他接过主持人递来的话筒之后，顷刻间安静下来，所有人的目光都聚集在这个笑颜温和的大男孩身上。

"大家好，我是余洋，好久不见。"

只这一句低沉磁性的开场白，又立刻引得全场人声鼎沸。

主持人是余洋的老朋友，和他寒暄调侃了几句这些年他迅速成名后的变化，就将话题引到了媒体群访环节。

坐席的前三排坐满了翁源本地及从周边省市赶来的记者，按照流程，开场后有二十分钟的开放提问环节。

"余洋老师，"坐在前排的记着问道，"作为此次巡签的最后一站，也是您首次在家乡举办的签售会，有什么感想吗？"

台上的余洋与主持人并排而立，姿态轻松，语气十分谦卑："每一场签售会上，我都会说一遍，我真的很感激有这个机会，无论是出书还是能够站在这里与各位见面。过去的一些经历，让我一度以为自己很难继续在这个行业里生存下去，可是你们的谅解与包容，成了我能够继续下去的理由，也是我目前最大的动力。把翁源当作签售会的最后一站，一来是圆了我自己一直以来的梦想，二来是提醒自己别忘了从哪里出发，我希望自己能够保有最初创作时的热情，不忘初心吧。"

仲夏的白日，哪怕冷气开得再足，千人场地也很闷热。余洋心疼还在门外排队的读者们，又赶紧回答了几个问题，让工作人员安排记者转移到了休息区，空出位置给读者们。

这下，气氛轻松不少，很多原本不敢举手提问的读者们都跃跃欲试起来。

"您好，我是新读者，刚刚读完第一部，请问……"第一个被主持人选到的女生有些拘谨，"'夜莺'系列已经完结了吗？"

不等余洋回答，场上其他人异口同声道："没有！"

女生吓了一跳，赶紧补充问题："那么到第几部完结呢？完结之后您会开新坑吗？"

余洋垂眸，随后故意露出感慨的表情逗她："真羡慕你啊……"他轻声笑起来，"刚入坑，还有那么多精彩内容可以看。"

场下一片哄笑。

"'夜莺'系列今年年底会完结，下一个坑也挖好了，具体怎么填，什么时候填完，暂时保密。"

"下一本主人公还是小说家吗？"有个站在人群后面露不出头的读者不假思索地问道。

余洋的食指放在唇间，做了个嘘声的动作："有可能是位编辑，有可能是警察，也有可能是心理医生，"他耸耸肩，"也许我会挑战一次双女主视角，一切皆有可能，不过……会很精彩，敬请放心入坑。"

提问的女生刚红着脸坐回位置上，旁边的人抢过话筒，勇敢地站起来："余洋哥哥。"

女孩的声音过于亲昵，引来一片哄声。

"我是你发起的社区医院服务升级项目的志愿者，也一直都在关注你捐赠的福利项目。于我而言，你不是高高在上的作家，不是遥不可及的偶像，更像是我的哥哥，一直指引我去往正确的方向。"

"哇……"其他人对这个小姑娘纷纷投以热烈的目光。

"我很佩服你的能力，但我了解到你最近跟合伙人开了家出版公司，转型成了老板，再加上手头的项目，想问问你是如何兼顾这么多身份的，你又最喜欢哪个呢？"

主持人有些担心地望向余洋，不知道他是否愿意多聊除了新书以外的事。

余洋给了主持人一个放心的眼神，示意他没关系，沉默了三五秒钟，拿起话筒。

"谢谢你的问题，"余洋挥挥手让提问的读者先坐下，"最近我也在思考，究竟哪一个身份是我真正喜欢的？对创作者来说，能把自己一时迸发的灵感和想要表达的东西传递出来，这种快乐是无可比拟的，可另一面，作为出版人，我能为图书行业发展添一份力，也是十分有价值的事。我记得……在我还是小透明，四处碰壁的时候，就非常渴望能够遇到欣赏自己的伯乐，所以我完全能懂新人作者的心态，也希望尽到绵薄之力，成为他们实现梦想路上的一块'垫脚石'。"

他扬了扬下巴，有点调皮地问："你们觉得当作家和当'垫脚石'，我应该更喜欢哪个角色？"

大家又哄笑起来，喊什么的都有。

余洋眉眼舒展，继续道："只要你们一直喜欢看我的书，我就会一直写下去，"他顿了顿，放轻声线，"你们会吗？"

"会！"场下的回答整齐划一。

"那就好，"他安抚似的拍了拍自己胸口，"作为'作者'，听到你们的保证我就放心了；作为'垫脚石'，我们公司下半年会推出一位新人，也请大家多多关注！"

最后一个问题，余洋留给了最后一排不太敢举手的小女生。

她也就十五六岁的样子，一直半抬着胳膊，眼神闪躲。

被余洋点到后，她怯怯地站起来，目光幽深，神情恬淡，让余洋一瞬间想起了很多年前的程烨。

"我……我想问余洋哥哥，你喜欢什么样的女生？"

一下子，场内气氛被推到了高潮，主持人维持了好几次秩序才让声音平静下来。

余洋微微眯起眼睛，好像通过她回到了几年前，那个遇到程烨时他从墙上一跃而下、与她目光相撞的夏天。

"温柔，而有力量。"

他如今这样总结她。

"那……如果能重来,你还会做一样的选择吗?"

原本有些吵闹的场中渐渐安静,虽然还有人小声埋怨这个女孩的提问不合时宜,但也都把探寻的目光投向了台上。

主持人立刻看着余洋的眼色,打算他稍一皱眉就打圆场。

余洋淡然一笑:"收到,"他说,"你坐下吧,我来回答你。"

她问得模糊,但现场了解余洋过往经历的人几乎都明白这个选择指的是什么。

"我觉得,人一生中能遇到让自己奋不顾身去守护的人,或者遇见愿意守护自己的人,都是十分不易的事情,而我很幸运,我遇见的人同时满足这两方面。"

今天之前,即使余洋已经能云淡风轻地谈起过去,但在这样的千人场合,大多还都是喜欢他的读者群体中,难免有一丝紧张。

他想了想继续道:"既然你非她不可,她也愿陪你颠沛流离,那就只管披荆斩棘、翻山越岭地真心相待。珍惜她,守护她,别放过宝贵的爱,只要有过一次刻骨铭心的经历,那些痕迹就会印在你的身上,成为你身体的一部分。你因此变得成熟、坚韧、仁慈、懂得包容。哪怕重来一万次,我依然会选择守护那人,当然,是用对的方式……"

读者们都是十几二十岁出头的年纪,看着他忽然感性起来的样子,有懵懂,也有共情。原本炽烈的氛围走向温和,余洋的声音就像他的文字一般,紧紧抓着所有人的心。

四小时的签售会结束,余洋跟几位不舍得离场的读者合影之后又再三道别，才算是结束了这一年所有巡签的工作。

"你听到了吗？"助理走到他身边，"你的读者还专门编了口号支持你。"

"真好。"余洋喝了一口水，目色温柔地看着书店最重要的区域摆满了自己的作品。

不再有质疑的声音，不再有抄袭的诽谤，也无关豪门恩怨和私人情仇，所有的声音都来自作品和作家本身。

除了她以外，这几乎是余洋能想到的最好的未来。

"烨姐，你回来啦，跟我们一起去吃晚饭吗？"

下班的点，几个实习生小姑娘叫住刚从外面赶回公司的程烨，她虽然是大家的领导，却一点都没有距离感，对每个人都非常亲和。

"不啦，我有约了，你们去玩吧，我给报销！"

女孩子们一阵惊呼，等她走远了才开始讨论："今天余洋回来做签售了呢，我朋友圈好多人去了！你们知道吗？我听说烨姐是余洋的初恋……"

"真的假的？八卦到自己人身上啊！"

"不知道呢，但是能被余洋当成原型写进小说的女生好幸福啊，我这辈子都不知道能不能遇到一个这么喜欢我的人！"

程烨听到她们的对话，停在走廊的拐角处，嘴角挂着一抹似有似无的笑。

真奇妙。

那些本以为会缠绕终生的伤痛，最后都被时间隔了一层保护膜,渐渐变淡,它们当然不可能让伤口完好如初,但至少能让她在听到自己的经历变成别人口中无足轻重的八卦和谈资时,不至于再像从前那个小女孩一样忧心忡忡。

她蓦地想起,曾经余洋和江瑾都告诉过自己遗忘曲线这回事,那时候她还不甚理解,总觉得想记住的事忘不了,那曲线只不过是人们在遇到困境时没有解脱之法找来安慰自己的一套说辞罢了。

可现在她却有了完全不一样的感受。

程烨摇头笑笑,走进办公室,上面端正地写着"秘书长"三个字。

余洋快出狱的那年,程烨将他的《夜莺与鸢尾花》所有文稿整理成册,东奔西跑地完成了这部作品的出版,她顶着巨大压力实现了两个人曾经共同的目标,让后来的余洋不至于彻底被放弃,失去人生的方向。

那之后,她辞去了编辑的工作,创办了一家公益机构,专职为受侵害的女性们奋斗,成为了一名女性社群的意见领袖。她自信地出现在媒体、公众面前,告诉那些曾被伤害过的女孩,要勇敢地站起来保护自己,即使再弱小,也不要忽视自我的力量。

她从一个遇到问题习惯躲起来、需要人保护的女孩,成长为了一个能够承担痛苦,并将其转化为动力的女人,找到了实现自己价值最好的方式。

程烨低头看着自己手中的资料,资料上的这个小女孩被她的补习老师强暴,自杀未遂,被家人救了回来。

程烨所说的今晚有约,就是去看望她。

我临时有个事,晚点去找你。

她拿出手机发了一条信息。

趁天色还没有完全暗下来,她赶到了女生家里。

跟她想象中一样,她的父母以泪洗面,而她把自己关在卧室里,无论谁叫也不开门。哪怕知道了程烨的来意之后,也只是短暂地露了个脸。

程烨没有为这样的不受待见而灰心,她比谁都能理解这位女生的痛苦,她向女生父母说明了她们机构能提供免费的心理咨询和代理律师服务,并承诺一定会帮她走出噩梦。

从女生家里出来以后,她平复了很久,这不是第一次经手这样的事件,刚刚那女生的眼神她也一如既往地熟悉。那是种生无可恋的眼神,她企图在女生的身上找到哪怕一丝一毫自救的勇气,可是完全没有。

每个人的承受能力都不相同,受伤之后的应激反应也不相同,有的人会释放出求救的信号,让周边的人持续不断地关心和关注自己,也有的人,就像那个女生,经历了数次绝望和不公之后,把自己的心牢牢锁死。

那是逃避,也是麻木,程烨懂这种感觉。

正因为完全能够共情,才更想帮助她。

平复了很久,她看了一眼手机上的时间,这才去甜品店取了定制的蛋糕,还手写了一张卡片。

今天是余洋三十岁的生日,她决定把这一晚当作坦诚相待的契机。

余海正在食堂里排队打饭,阿姨看到他提醒道:"今天有蛋糕吃哦,一会儿别忘了领一块。"

他点点头,笑得见牙不见眼。

"大海今天怎么这么开心?是不是知道自己快要刑满了?"来特殊监狱帮犯人检查身体的医生透过餐厅的玻璃门往里看,跟狱长聊起来。

"还有五天,只是……他应该算不准自己的刑期吧。看他平日里跟人交流也不多,出去以后能不能正常生活还不知道呢!"

"谁说的,"医生指着前方,"看到了吗?他把刚领到的蛋糕分给其他人吃了呢。"

餐桌边的余海规规矩矩地吃完了盘子里的食物,看着比自己小的男生吃掉他额外让出来的蛋糕,好像比自己吃到了还开心。

"哦……他经常照顾那位,"监狱长想了想,"据说跟他弟弟年龄差不多,可能是寄情吧……"

"他得的是阿斯伯格综合征,会好的。"

饭毕,监狱长和医生一起组织大家回去休息,余海收了所有犯人的餐盘,来到洗碗池认真地清洗着。

食堂的大妈心疼他,偷偷拿了一块海绵蛋糕包起来塞给他:"回去吃吧,自己吃哈!别再让给别人了。"

他看上去比刚来的时候高了些，倒不是因为身量长了，而是不再总驼背，精神也好了不少。尤其今日，笑得憨憨的，怀里揣着蛋糕，走路都轻快起来。

他回到自己的小隔间里，那里只有一张铁床和一个床头柜。说是床头柜，不过是灰色的水泥墙旁，竖着的一个简易架子罢了，上面满满当当摆着余洋每次来看望他时，带给他的书和习题集。

余海在床边坐下，光从小方格的窗子透进来，落在书架上。

灰暗的走廊里传来此起彼伏的呼噜声，他小心翼翼地拿出蛋糕，轻轻咬了一口，蛋糕甜蜜的香气在舌尖散开，他眼睛直直地望向那本《夜莺与鸢尾花》，歪歪嘴角笑了起来。

生日快乐！

新书大卖！

林毅假模假式地发了两条信息，半天得不到回复，又不死心地加了一句：真不出来庆祝一下吗？

这下，余洋回了：不了。

也不想喝一点？

他不屈不挠，说到重点。

余洋发来语音："我听说某人办案太忙，已经连续一周没怎么回家了。马上就要被扫地出门了，还想着出去喝酒，不要命啦？"

林毅扁嘴，回了一个跪下的表情，站起来伸了个懒腰："今儿兄弟结案，想着出去喝一顿回家再挨骂，这么看我还是先回家挨骂，再找你喝一顿吧。"

"林队，我们出去聚餐，听说你不去，给你买了份饭！"同事敲开林毅办公室的门，打包了一份晚餐给他，却发现他办公桌上摆满了受害人资料，根本没处可放。

刚要帮他清理，却被拦住了。

"哎哎，别乱动！放地上，你们去吧。"林毅扶正桌上被碰歪的相框。

出了办公室，年轻警员咕哝着："那相框里的是林队什么人啊？我就轻轻移了一下，他反应这么大。"

其他人听到，了然："那照片里的人是余洋，我们全队的大哥，你新来的，不怪你，以后就知道了！"

林毅看着外卖，这家警局旁边老字号的卤味，以前余洋经常请全队的小伙伴一起吃，自余洋出事以后，他的人生像是被谁按下了二倍速的按钮，升了职，结了婚，每一刻都感觉自己在不停地奔跑。

"老婆……"林毅打了个电话。

"你还知道打电话呢？你知不知道你还有个家呢？"劈头盖脸的指责落下来，林毅却觉得美滋滋的。

"你今天再不回家，以后都别回来了。"

"嘿嘿……"这句话他听过太多遍，以前听他妈这样凶他爸，现在换成了她。

"笑什么！抽风了吧！"

"抽风了，抽风了！"林毅耍贱，"刚好回家你给治疗一下，江院长。"

"赶紧给我滚回来!你儿子都快不认识你了!"

"遵命!"

林毅乐呵呵地拎着外卖走出办公室,撞见几个还在加班的同事。

"林队,既然要回家了,还吃什么外卖啊?嫂子厨艺那么好!"

林毅一边往外走,一边回:"哦,我得垫两口,回去得挨两小时骂才能吃上饭呢!"

熟悉他德行的警员笑出声来。

"对了林队,洋哥今天签售我们也没有到场支持一下,多不好意思啊!"

"什么不好意思?"林毅停住,转身看着几个"醉翁之意不在酒"的女同事,"我看你们就是想跟我讨签名本!"

"林队果然料事如神,我们这么委婉都被看出来了。"

"我走了!"他留给大家一个后脑勺,声音在楼道里回荡,"下周吧,他现在住市郊的家,正给自己放假呢。"

遗忘如果有声音,应该是笔尖划过纸片的声音吧。

余洋在日历上轻轻一划,离和哥哥团圆的日子,不远了。他在心里默念着。

临湖的独栋别墅简约低调,二楼一整层都空着,那是余洋给余海留的房间。

一楼整面墙的书柜里,有一列放满了他获得的奖杯。

窗外淅淅沥沥落着雨,窗户上印着屋内暖暖的灯光。余洋给自己倒了杯红酒,浅酌慢饮,渐渐放松下来。

"吧嗒——"大门的密码锁应声打开,是程烨回来了。

余洋快步迎上去,提着蛋糕的女生笑得有些抱歉:"我……"

"你又不带伞!"余洋接过她的蛋糕和包,看到她发丝有被打湿的迹象,转身准备去帮她拿一条毛巾擦擦。

"谁能想到这天气这么阴晴不定,白天还是艳阳高照呢!"

余洋笑着打趣她:"都在翁源生活三十年了,你还不知道这里气候的规律就是没有规律啊?"

"欸,嫌我年纪大了是不是?特意强调三十干什么?"两个人恢复打情骂俏模式。

"没有,没有!"他帮她擦头发,然后温柔地从身后拢住她,"是我,我年纪大了。你是仙女,以后也不会年纪大,只有我,三十了还要赖着你,六十了也这样。"

"越大越腻歪!"程烨撒娇似的拍拍他环在自己腰前的手,两个人晃晃悠悠走向厨房的料理台。

她手上忙着解开蛋糕的绳子:"也不知道有没有磕着,刚才那个出租车开得有点猛。"

余洋的下巴搁在她的颈窝:"那你不会让他开慢点?还下着雨呢!"

"我已经晚啦!再慢赶不上你生日了怎么办?"

"没关系,就是个形式,"他说着不在乎,语气却有点酸,"谁让我女朋友现在是事业型女强人呢!"

说起她的工作,程烨犹豫了片刻,喃喃道:"你知道吗?我今天去看了那个女孩子,她的情况非常不好,拒绝跟所有人沟通。哎,只要坏人没有被绳之以法,我就怕她又会想不开……"

"沟通和抓坏人,都要交给专业的人去做。"余洋安抚她。

程烨知道他指的是谁:"嗯,心理治疗我已经请江瑾亲自帮忙了,案子也是林毅他们局在处理。"

"哟,听起来你很会压榨朋友啊!"余洋想让气氛轻松一些,他的西装裤口袋里还躺着一枚钻戒,需要找机会求婚呢!

"哎,我今天看到她,真的特别特别能够理解她的心情,"说到这儿,程烨想起了什么,停下手里的动作,与他面对着面,"对了,我有些话想跟你说。"

"我也有话要说……"余洋有些不自然地开口。

"我猜到你要说什么了,你也知道我只有一个答案。"余洋西装的裤袋鼓起一个包,戒指盒的轮廓太过明显,"但是在你开口之前,我希望你能先听完我的故事,再决定你的话还要不要说。"她也不想破坏这么美好的时刻,可有些话她觉得必须说在这之前。

余洋看着她露出前所未有的认真神色,不明所以地点点头。

程烨给自己灌了杯酒,沉默了半晌,才开口:"我十二岁那年被程家收养,一直过着没有自我的生活。直到念高中,我遇见了一个关系很好的男同学,我们有差不多的童年经历,也正在遭遇同样难挨的青春期,所以走得近了点。结果……结果被程诚误以为我在跟他早恋。"

已经很多年没有人再提起这个名字了,余洋蓦地听到,心脏还是有些发紧。

"那时候他已经要出国读书了,却还是要在走之前管我的交友圈,他让我不要再跟那个男生来往。其实原本逆来顺受的我是习惯听从的,只是不知道那时候哪来的魄力,好像遇见同类就给了自己底气似的……我违抗了他的命令,然后……"

程烨停了一停,声音变小了一点:"然后他强暴了我。"

余洋的震惊无以复加,从脚底到头顶生出一股凉意,他立刻牵住程烨的双手,紧抿着唇。想问她为什么不早点告诉自己,又想安慰她别怕,可此刻千言万语卡在嘴边,说不出任何话来。

"他说,他就是要让我知道错了,要让我记住即使他人在国外,我也要听他的,让我记住我一辈子都不能掌控自己的人生。他那种变态的控制欲,你懂吗……"

"别说了,"余洋额角的青筋暴起,头微微发颤,让程烨继续说下去,未免太过残忍,"你不需要向我交代这些的,你……无论以前怎样,我们都不会变。"

他先程烨一步流下眼泪,反而是她在替他擦拭。

"让我说完……"程烨的声音轻轻柔柔,透着苦涩,能感受到她在极力压抑自己的情绪,"后来呢,我拼命存钱……想早点有独立生活的能力,能养活自己……可是遇到你之后我才知道,我其实一直都在软弱地逃避,我本可以早点站出来揭露他的真面目,哪怕是逃离那个地方也好,可我一直没有勇气……"

余洋一只手臂撑在厨房的料理台上,稳住自己的身子,一只手揽住她,把她拉进怀里:"让我好好抱抱你……"

他喘着气,胸腔节奏不一地收缩和舒张,后面那句"别说了",似乎带着乞求的意味。

余洋眼角止不住的泪将程烨的发丝打湿,他薄薄的嘴唇从她的耳郭擦过,顺着额前向眉眼间划落,最后在她鼻尖落下一个吻,轻得像羽毛。

程烨把头靠近余洋的胸膛,他的体温让她不再战栗:"那次之后,我们之间的相处又恢复了正常,我以为程诚放过我了,可直到他不许我和你在一起,想像小时候那样想轻而易举地拆散我们,我怕极了……"

程烨从余洋的怀里起身,端起他没喝完的那杯红酒,混着泪水一饮而尽:"我怕他,可我不想再任他摆布了,我告诉他我一定要和你在一起,结果……他又一次要强暴我。"

余洋在心里告诉自己,一定不能在程烨面前失控,否则只会让她更难过。可情绪像泄闸了的洪水,让他难以忍耐,他一拳砸在大理石桌面上,手指关节通红,愤怒地闭紧双眼。

程烨赶忙放下酒杯搂住他:"我想了无数次该不该和你说,现在,大海哥要出来了,我觉得我必须告诉你……"

她的手臂紧紧地将余洋环住,加快了语速:"那天他吸了不少,没能得逞,但我被吓得不轻。后来我去找你,想把所有的事情都告诉你,想求你带我离开程家,或者离开翁源,怎么都行!可是你不在……"

余洋预感到程烨接下来要说的话了,他一颗心提到了嗓子眼儿。

"家里只有余海哥一个人,我把所有的痛苦一股脑儿地都告诉他了,我没想那么多,我以为他听不太懂,哪怕他听懂了,也不会对我有什么看法,更不会把这个秘密说出去……我那时很需要一个这样的倾吐对象,所以只顾着宣泄自己的感受,却没考虑到他也有自己的感受。"

程烨说得断断续续,可语气里的自责与后悔他哪能听不出来,他几乎是吼着打断她:"不是你的错,你才是受害者!"

冰激凌蛋糕有一些融化的趋势了,上面的小人微翘的嘴角有些耷拉,仿佛在为这场无意间的倾听感到抱歉和难过。

余洋捧着程烨的脸,源源不断的泪水滴在唇间、手上:"不是你的错!不是你的错!"

他重复着,像盛怒的狮子般恨不得咬碎那丑陋的侵犯者。

如果这件事要论错,禽兽不如的程诚是错,冲动行事的余海是错,包庇罪犯的自己是错,无论如何也轮不到程烨来认错。

余洋整张脸都哭僵硬了,他努力调整呼吸,控制自己的情绪。

程烨此刻也像个泪人,她知道,于他于己,撕开真相都太过残忍,但这些秘密压在心底太久,若此刻不说出来,始终会是两个人之间迈不过去的一道坎儿。

"余……"程烨才说出一个字,嘴巴就被余洋死死地贴住。

他已经从抽抽搭搭变成干咽,脖子憋得通红,不给程烨一秒钟继续说下去的机会,他手止不住哆嗦地拿出口袋里的戒指,白色的钻石在灯光照映下璀璨夺目。

"余洋,让我说完。"

他虽然还是有着很多疑惑,但此刻,他什么也没多问。

他单膝跪地,颤抖着手把戒指取出来,慌张地戴到程烨冰凉的手上。由于尺寸略小,程烨的中指被卡得通红。

"余洋,你听……"

程烨还没说完,余洋已经站起来继续吻向她了。

这个吻不同于以往所有的吻,又用力又很深,余洋闭着眼,滚烫的泪沿着鼻梁成串地滑下。

他知道,程烨想说的是,余海都听懂了。

不只是听懂了,余海还明白,如果程烨当时站出来举报,那么媒体一定会大肆播报诸如"程家长子·性侵妹妹"的新闻,程烨死守多年的秘密会成为公开的谈资,免不了一生被人指指点点。

更重要的是,以余洋的性格,一定饶不了程诚。

于是,余海根据程烨这几次来家里描述的地理位置,在草稿纸上推演出了程诚的住所,他想要假装自己偶然发现其吸毒并举报,这样既可以让程诚受到惩罚,也不至于牵连到余洋和程烨。

不料,程诚却想要杀人灭口,消除证据。

余海被程诚紧勒住脖子的那一刻,他不禁回想起很多年前的一幕。那时候,余洋被霸凌他的孩子们打得很惨,是他以命抵抗,才护住了弟弟。

这一生,他能为余洋做的实在有限,他忽然来了神力,反扑程诚,失手杀了他。

当余洋循着手环上的定位赶来现场时,等待他的是程诚冰冷的尸体和余海认命般的沉默。

不忍让余海入狱，余洋选择遮盖事实，顶替罪名，制造出自己杀害程诚的假象。

为了让女友程烨更好接受他"杀害"她哥哥这件事，余洋兜了一大圈，伪装成精神分裂的"叶之舟"，将自己的小说世界和现实世界巧妙相连，试图瞒天过海……

你看，人生真是场无情的戏弄。你大费周章地保护一个人，到头来却发现，是他在保护后知后觉的自己。

程诚死了，他对程烨犯下的错，也就无可追究了。

林毅狠心拼命也要将余海送进去的初衷，这么看也成立了。

而余海就要刑满释放，几年前他究竟经历了什么，余洋不想知道了。

余洋告诉自己，这世界没有绝对的善与恶，人不过是顺势而为的渺小动物而已。往前看吧，让自己顺着那条遗忘曲线循序渐进就好了。

一辆七座商务车停在监狱门口的停车位上，早上刚洗过，车身在阳光下反着锃亮的光。

"别忘了啊，我们说好的，一会儿见到余海哥，你先说话。"程烨握着余洋有些僵硬的手，早早就在车里等着了。

余海智力正常这件事，始终是程烨这些年的心结，一方面她理解作为阿斯伯格综合征患者，如果能够以"听不懂"外界信息为由，活在自己的小世界里，什么都不用想，什么都不用管，对余海来说，是更符合本性的选择；但另一方面，余洋被蒙在鼓里这么多年，为了余海放弃了大把的机会、外出的时间，战战兢兢地照顾哥哥，二十几年没一刻能稍微喘口气，如今知道真相，对他来说难免有些残酷。

"我知道你不好受，可余海哥哥心里肯定更自责。出来了就是最好的结局，我们都会很幸福的。"见余洋没回应，程烨又补充了一句。

余洋点了点头，右手始终揣在牛仔裤的口袋里。

上午11点过一刻，余海在民警的陪同下，缓缓地走出大门。

他比起刚进去的时候好像瘦了一些，一手拿着旅行袋，另一只手紧紧攥成拳头，贴在额头上。

他走起路来歪歪斜斜的，站定之后，还有些颤抖。

余洋走到他面前，兄弟俩隔了一米的间隔。

余海的眼睛有些泛红，看着弟弟，没有一丝躲闪。

余洋的眼球也布满了红血丝，正午的太阳刺眼，他的眼皮忍不住抖了一下。

程烨轻轻推了余洋胳膊一下，暗示他开口打破尴尬，可余洋纹丝不动，依然直勾勾地看着余海。

兄弟二人交换着眼神，太多的话压在喉咙，一个字都发不出。

余海的眼眶渐渐蓄满泪水，像是一条暗深的河，水流在巨大的中心旋涡里涌动，就要翻滚出来，就要吞噬一切。

余洋太擅长控制情绪了，所以他眼里的泪水，不多不少，晶莹剔透。

余海的下巴稍稍往下压了一压，像是做错事的小孩，紧绷着双唇看向弟弟，一串泪顺势而下。

余洋微微抬起头，嘴角向上扬出一个弧度，右眼的泪痣处，几滴不争气的眼泪汇集，险些滑落。

余海的身体开始微微抽搐，手背在额上用力地摩擦着，想制止自己的抽泣，生生抵出了红印。

余洋轻轻掰开哥哥攥紧的拳头，温柔地帮他顺在身体两侧。他放开哥哥的手，从自己裤兜里掏出一张被叠得四四方方的纸，一面一面拆开。

流年似水，被折叠的何止是回忆。

父母离开后，漫长黑夜里你无助的眼神，旁人奚落后我强装的欢笑，小小年纪就放下自尊心、为一口饭从街角小店辗转到巷尾脏摊，无数次被同情、被可怜，又被击败。

这二十几年流离的生活，你是我活下去唯一的安全感，如今，我很好，你也回来了。

想到这里，余洋的眼泪就再也止不住了。

啪嗒一滴，在草稿纸上洇染一片。

稿纸皱巴巴的，有一抹浓烈的红隔着几翻也能露出来。

余洋把纸展平，用手举着铺在余海眼前。

草稿纸上面"保证书"三个字赫然，余洋的字飘逸潇洒。

第一，余海保证以后跟余洋一起住，不管谁先结婚生子，都要一直一直在一起；

第二，余海保证以后出门的时候，跟余洋保持十米内的距离，决不再轻易离开彼此；

第三，余海保证以后健康、快乐、充满信念地活下去，就当是为了余洋好。

一经承诺，古今一辙，至死不变。

保证人：余海　余洋

余洋读着，余海听着，两个人几乎是同时放声大哭。

余海的眼泪像是翻涌的怒涛，决堤般顺着脸颊流下，而余洋也终于忍不住，嘴角沾满了泪水，他紧紧抿着双唇，呼吸都跟着变得急促起来。

余洋走上前抱住哥哥，下巴抵着的位置，有明显因情绪失控而引发的抽搐和晃动。

余海手中的袋子被直直地丢下，他的双脚有些无力，被弟弟用力箍着，胳膊却死死地环住对方，手将他的白衬衣抓出了数道纵横交错的褶皱。

属于这个夏天的所有声音在这一刻戛然而止。

他打了个哆嗦,

感到一种叫恐惧的东西自心底蔓延开来,

超过以往看过的所有恐怖片。

他浑身战栗,伸手擦了一把镜面。里面的叶之舟,没有半点邪恶凶狠,反倒是轻轻地、得意地朝他笑着。

当你可能因为我受伤时,
我离开你;
当你真正受到伤害时,
我寸步不离。

二十几年流离的生活,

你是我活下去唯一的安全感,

如今,我很好,你也回来了。

THE END